抱山而眠

武强华 著

长江出版传媒
长江文艺出版社

图书在版编目（CIP）数据

抱山而眠 / 武强华著. -- 武汉：长江文艺出版社，2023.9
ISBN 978-7-5702-3217-8

Ⅰ.①抱… Ⅱ.①武… Ⅲ.①诗集－中国－当代 Ⅳ.①I227

中国国家版本馆 CIP 数据核字（2023）第 115155 号

抱山而眠
BAO SHAN ER MIAN

责任编辑：谈 骁	责任校对：毛季慧
封面设计：祁泽娟	责任印制：邱 莉 王光兴
封面题字：雷平阳	

出版：长江出版传媒 长江文艺出版社
地址：武汉市雄楚大街 268 号   邮编：430070
发行：长江文艺出版社
http://www.cjlap.com
印刷：湖北新华印务有限公司

开本：880 毫米×1230 毫米 1/32   印张：8.125
版次：2023 年 9 月第 1 版   2023 年 9 月第 1 次印刷
行数：4920 行

定价：58.00 元

版权所有，盗版必究（举报电话：027—87679308　87679310）
（图书出现印装问题，本社负责调换）

武强华

女,甘肃张掖人,中国作家协会会员。

作品发表于《人民文学》《诗刊》《星星》等刊物。

参加《人民文学》第三届"新浪潮"诗会、

诗刊社第三十一届青春诗会,

入选"第三届甘肃诗歌八骏"。

获《人民文学》2014青年作家年度表现奖、

诗刊社2014年度"发现"新锐奖、

2016年度华文青年诗人奖等奖项。

目 录

第一辑 抱山而眠

抱山而眠（组诗） 003
  在山顶枯坐 003
  东山顶上 004
  老寺顶 004
  凝视 005
  抱山而眠 006
 在东山顶上看日出 006
  夜宿马圈沟 007
下山时遇见一只旱獭 008
   山谷 009
  大都麻河 010
 夜宿大都麻村 012
  一截枯木 013
  复照青苔上 014
   熊出没 014

祁连山中 015

看群山 015

一切好像都是刹那间发生的 016

山林里 017

石窟群 017

东山寺 020

北山记 021

羊台山：穿越时光的凝望 030

跟随一条河流往山谷深处去（组诗） 037

跟随一条河流往山谷深处去 037

落石 038

热泪盈眶 038

小孤山 039

源头 040

黄藏寺 041

黑河大桥 042

山水之间 043

神往的时刻 043

河流静默 044

巨石 044

从鹰落峡到小孤山 045

夜行或一首诗的诞生 047

山海经 048

自由术 049

裸行　050

石头记　051

空　052

陪着黑河走一程　053

荒凉的诱惑　061

第二辑　无所思

不安之诗　065

无所思　066

春雨记　067

那时候　068

艾草记　069

杏花开了　070

桃花之诗　071

沙尘记　072

天窗　073

立冬之日　074

消音器　075

她想用一个词来篡改梦境　076

我也曾拥有过辽阔的水域　077

反方向　079

城里的月光　080

清明　081

解剖学里的兔子　082

微微发烫　083

我不能眼睁睁看着一个孩子死在我的梦里　084

夜雨　086

兀鹫　087

试论疲倦　088

纪录片　089

安详　090

梦见一首诗　091

苦瓜　092

时间会在煎熬中慢下来　093

异己者书　094

第三辑　阳光照在废墟上

阳光照在废墟上　115

两座铁塔　116

碑记　117

城市雕像　118

无关诗　119

艺术区　120

新年快乐　121

檐角下的灯　122

无题　123

春天　124
苹果的方式　125
母亲重重地摔倒在厨房门口　126
最冷的一天　127
死去的人有他们自己的春天　128
火焰还原着真相　129
槭树　130
雨后　131
公交车上　132
汽车修理厂　133
猫　135
灾难篇　136
直线之心　137
节日里　138
苹果的羞愧　139
雨下在半夜　140
雨打天窗　141
只有博尔赫斯知道　142

第四辑　数落叶

核桃树下　145
数落叶　146
枯叶颂　147

无伤之痛　151

雪天　152

雨　153

初秋　154

直白　156

修庙的人　157

寒冬记　158

新年第一天听到楼上传来钢琴声　164

鳟鱼　166

掏空　168

下过雨之后　169

镜中人　170

经过　171

死于……　173

林子里的雪已经很厚了　174

被动　175

流水的一天　176

大水入梦　177

消失和即将消失的　178

第五辑　在河西

河西小令（组诗）　181

　　夜入沙州　181

夜宿鸣沙山下　182
白月光　182
瓜州的月亮　183
一路向西　183
嘉峪关　184
雄关小令　184
葡萄与美酒　185
车过瓜州　185
玉门关　186
秋风引　186
两座城　187
第四次　187
独白　188
夜行记　188
八声甘州　189
凉州曲　190
尾辞　190

河西酒曲（组诗）　192
　河西酒曲　192
　蒸腾的禅意　193
　酒意　194
　扁都口的油菜花开了　194
　在河西　195
　皇城草原　197

去东山寺　198
牡丹园记　199
野菜记　202

第六辑　慢火车

从伏羲庙到杜甫草堂（组诗）　209
慢火车　209
在伏羲古庙想起父亲　210
从伏羲庙到杜甫草堂　210
大地湾　211
古树下　212
夜饮　213
天水的微笑　213
南宅子遇雨　214

望涪江（组诗）　216
在陈子昂读书台　216
望涪江　219
灵泉寺　219
夜游涪江　220
宋瓷博物馆　221
过南京　222
在武汉　223
长江大桥　226

鲁迅故居 227
王府井 228
去永定 229
望天门山 230
江山与飞鸟 231
北京的月亮 232
育慧南路 233
甘南记事 234
加州旅馆 236
过刘伯温故里 237
隐居铜铃山 238
西江月 245

后记 246

第一辑

抱山而眠

抱山而眠（组诗）

在山顶枯坐

躺在柏丛中看云
云朵在脚尖上
从绵羊变成了狗熊
又从狗熊变成了凤凰

伏地柏的枝叶
弥散着蛇芯的香气
停滞的时间仿佛也在等待
一个意外

远方的城市，看起来
非常温顺，渺小
那里有一间房子是我的。但现在
没有人知道我在哪座山上

幻境中的他们不知道
我也只是幻境的一部分。这很好
有时候我们需要真正的荒凉

来解救自己

东山顶上

九月的山坡
已有枯黄之相
高海拔的草木
和所有的弱势群体一样
卑微,却更具警惕之心

阳光明媚,但寒风刺骨
气象塔高高地耸立着
一只秃鹫在山谷间盘旋。我感觉
自己越缩越小,就要成为
伏贴在地面上的一棵小草

我不知道这样是否会获得谅解
在神的字典里,也许并不存在
"卑微"这个词

老寺顶

不想和青海云杉比挺拔
也不想和高山柳比茂密
躺在草地上听鸟鸣。耳朵

委身于一种原始的声音
我们的身体才能和草木一样
获得真正的自由

——这短暂的幻觉是否可以证明
山林正在净化我们,而屎壳郎
正在将牛粪改造成
"可爱,但极其危险的一座宫殿"

凝　视

草丛里的岩羊头骨
煞白,干净。巨大的
羊角仍然漂亮如刀锋

惊惧也许来自那两只
空空的大眼眶。我
一下子就陷进去了

空洞需要幻想
而凝视需要勇气
从来没有这么深邃的凝望

把我从一个深渊
直接推向

另一个深渊

抱山而眠

一杯敬星空
一杯敬松柏

一杯敬山风
一杯敬河流

一杯敬山顶的月亮
一杯敬护林员老罗

一杯留在梦里
与你共饮
抱山而眠

在东山顶上看日出

在山顶的石头上闭目,
等待七点二十五分的太阳
从对面山头上爬上来。

整个山谷灰蒙蒙的。
吃饱夜草的马打着响鼻

沿着泄洪河道陆续归来。
鸡鸣嘹亮……

远处的平川已经光芒万丈,
但此时,真正迷人的
是一个人坐在山顶,听山谷
从旷世的寂静中一点一点
慢慢醒来。

夜宿马圈沟

只有微醺的醉意
才敢面对漆黑起伏的山脉。
只要有三颗星星就算不辜负
灰蓝无际的夜空。

躺在草地上,幻想作为一颗行星
在宇宙中的位置。任凭一棵草
在身下温柔地抵触,把地壳深处的冷
一寸一寸传递给我……

山谷和你的怀抱一样宁静。
但我终将如一颗星星
隐没在宇宙中。就像
山谷中的那副岩羊骨殖

煞白，干净，不舍，
在人间，闪着磷火的光。

下山时遇见一只旱獭

遇见岩羊，遇见石鸡
遇见秃鹫，遇见金雕
最后下山时，一只旱獭
突然窜出来
为旅行画上了一个完美的句号

似乎已经很圆满了
天生厌恶鼠类的我
并没有对那个身体肥胖
四肢短小、鼠目乱转的动物
表现出厌恶和忌惮
在众人的惊喜中，我也只是
略微强调了这座山
野生动物种群的特殊性

我尽量让自己温柔
且客观，显得
既不那么胆小
也不那么无情

山　谷

山杨的叶子春天是红的
夏天翠绿,秋天一片金黄。
这简朴的妖娆意味着
馈赠比暗恋更适合孤绝。
枸子像血滴,和枸杞一样热烈
区别是,神禁止人食用高海拔的东西。
伏地柏香气浓郁,但人工栽培
的花园里,从未吸引过一条美女蛇。
醉马草带有巫术性质,夏天
可以醉倒一匹马,冬天枯黄
则毒性尽失。委陵菜永远渺小
填补着山坡的每一处漏洞。青海云杉
就像真理,保持着锥子形
尖锐的美感。还有一种花叫紫菀
如果配上蝴蝶,完全可以满足你
一颗虚伪的少女心。整个下午
你都在这条山谷里寻觅,接受
草木的暗示和再教育。一点一点
确认着生而为人的卑微与羞怯。

大都麻河

1

河水铿锵有力
似乎每一块石头都能作为琴键
沉浸在被抚摸,被慰藉
被雕琢的快意中

坐在河边的大石头上
我忘记了夕阳正在下沉
山峰近在咫尺。水流已经
主宰了我的心跳。山里的黄昏
河水放浪形骸,释放自己
发出一种野兽般的怒吼

也许我们可以成为同类
一起呐喊,但现在
河水还只是河水,我也只是我
跻身河边任何一块石头中间
我都显得多余,且孤立

2

我们追问过的

流水已经追问过了
我们疑惑过的
遍山草木已回答过了

为什么叫大都麻河
其实神早已默许过了

都麻是一种塔形的宗教施舍食品

是的,神施舍的
河流全都已经施舍给我们了

3

万物都在深渊里。漆黑的夜
只有河水和寒风
发出清冽的声音。山在无形处
和夜幕融为一体。我们指认
天琴座和北斗七星
循着一匹马和一只狗
在河边圈舍里发出的声音
去寻找老牧民的家。黑暗中
怕惊动什么,又怕寂静无声
一切都是虚无的

今夜,我们不像人类

更像是悄悄潜入人类驻地
觅食,并期望被善待的几只小兽

4

冰川真的离我们很近
寒冷是晶体状的。战栗
仿佛只是为了更新肉体

河流的源头有一种孩子般的天真
和洁净。整夜
我都在梦里,像一块小小的鹅卵石
翻来覆去,净化自己

夜宿大都麻村

不是纯粹的黑
还有一扇小窗,右上角
有一颗星星
微弱的一点光

不是纯粹的静
河水在不远处
又像在意念中,哗啦啦
细数着石头

不是那种彻骨的冷
蜷缩的身体
被炕火一点点焐热
酥油般慢慢融化

我舍不得睡
但很快就睡着了
山中的夜晚
我只能是山野的一部分
——简单，混沌，渺小
如胎儿，沉浸在子宫里

一截枯木

丛林茂密的山道上
横卧着，密集的枝杈
锋芒凌厉。干枯的尸体
像某人风华正茂时
断然自绝于人世

山林茂密，皆指向苍穹
只有这一截孤绝之物，几乎
让我下定了与这个世界
一刀两断的决心

复照青苔上

明亮的光斑在唐代
就是一块翡翠。阳光
穿透松枝照着苔藓
把上帝的恩宠
投射在最卑微的事物上

干净的光阴是不会腐朽的
顺着光亮,我看见
唐朝的诗句在密林中
闪闪发光

青苔与阳光依旧是王维的
斑驳的光影中,我也只是一块
被历史遗忘的旧时光

熊出没

山林里,每走一段路
就会看见一块牌子上写着:
"小心,熊出没!"

这几个字真让人兴奋

又惊惧。我们都希望
这片森林里真的有熊,但都不想
遇见一只真正的熊

祁连山中

大一点的偶蹄应该是牦牛
小一点的是马鹿
梅花状的很可能就是雪豹

河谷里新鲜的蹄迹,昭示此处
"山林保持原状",空气里的兽性
仍未退化干净

屏息,枯坐。在大石头上
看被山洪掏空根部的山杨树
摇摇欲坠。等待眩晕过去或者
什么突然降临……

真寂寞啊,此时的山谷
只有人类

看群山

青海云杉的幼苗,蒲公英一样

散落各处,三年生比一年生高出的部分
正好等于一根小指。山杨树呈条状
顺着山谷,正在努力区别于云杉
集体由绿变黄。金塔寺在崖壁上
石雕的佛像和袅娜的飞天在石窟里
平视着雪峰。作为神迹的一部分
它们的自然性再次成为我远离人群的一个理由

当然,二百零五级台阶之上
我还需要一个高度
以菩萨的视角看群山

一切好像都是刹那间发生的

沿着这条山谷一直往里走
就会看到最大的祁连圆柏林
顺着护林员的手指,我几乎
已经嗅到了柏枝的香味。但他接着说
几天前山洪已经冲断了这条路

一切好像都是刹那间发生的
嗅觉停滞在空气中,鼻翼间
突然充满了一股夹杂着朽木的泥腥味

如我所料,祁连圆柏和洪水

都不会被意志所左右。大自然的直觉
有时来自偶然,有时
则代表天意

山林里

太密,下半部分呈灰色。
但灰色代表隐忍且容易被误解。
和人一样,每棵树都有心脏和血管
奉献的绿色和水分都是隐形的。至少现在
看起来是这样的,启动整片原始森林
的原动力,还须动用一座冰川。

石窟群

1

所有高处的大石头
都被神所用了

北寺、南寺、千佛洞、上观音洞、中观音洞、下观音洞、
金塔寺

很久很久以前它们都只是山峰,只是石壁
陡峭,向阳,整块与世对立的坚硬思想

很久很久以后石头都化身成佛
颔首，垂目，俯视着人间……

2

这山望得见那山。群体性的
凝视，把祁连山又抬高了几分

晨光里，石头最先软化
无论多么坚硬，可塑性
也许才是世间最大的慈悲

3

巨大的红色石壁宛如天幕
石壁上的石窟就像灯盏
仰视六十五度的视角中
它们占据了五分之四的天空

五分之一的天空蓝得很无辜
像一把尖刀，削去了我
五分之四的杂念。站在绝壁上
我仍然想着你，但并不祈求
从菩萨那里得到回应

4

推开崖壁上的小门
瞬间,就与一屋子的阳光
撞了个满怀

千山万壑、虫鸣兽吼
巨大的月亮、漫天星光……
在这里静修
哪怕一个晚上
也会得道成佛吧

但这也只是一念
曾经的佛窟
现在成了一座暖屋
谁在里面往外看,这世界
可能都是一个巨大的牢笼

5

来世要做一个石匠
上半生在石壁上凿台阶
下半生在石级旁凿一口井

余生可数的日子里
与石窟里的菩萨一起等

雨水溢出石井
浇灌石缝里的花

东山寺

一间小小的庙宇
在山崖上
被一块巨石稳稳地托举着
一只鸟
站在那块巨石顶上
像是另一座更小的庙宇
俯视着我们

庙宇之上
翻过那座山
就是内蒙古阿拉善盟

北山记

1

寺院空寂
在山洼里
飘荡着一种声音
分不清是梵音
还是风声的劝慰

今天是妇女们的节日
但我不需要祝福
我只接受空寂
和山顶雾化的光

——一切都虚幻得恰到好处
好像我已获得了
在旷野里撒野的真正自由

2

石头没办法用来形容

石头就是石头

不长草的山坡和

只长石头的山谷

都不能用一个词来定性

它们的色泽是亘古遗传的

形状都来自天意

在石头面前,你只能想象自己

作为一个昆虫的化石

被包裹,被抚慰

被时间瞬间铭记

3

沙子的柔软无法探知

山泉在谷底时隐时现

细小、舒缓,平静无声

隐藏在地下的那段

比地上的流水更有耐心

泉水数着沙子,一颗,一颗……

给脚底带来一种

数字般清晰的摇曳和震动

那是人类心脏和皮肤表面

根本无法捕捉的一种力量

4

山崖上细小的水渠
证明人类始终存在着
一种征服自然的野心

现在我们可能不会那么幼稚
去幻想一股山泉就可以浇灌
整片荒漠。但仍然想
爬上山崖去汲取流水
那永不屈服的想象力

5

蜥蚪爬在石头上
细小的黑点看起来
像一种静止的思想

正午的阳光照着
溪水清澈,如一种悲伤
微微颤动

静默是一种独立的信仰
我确信蝌蚪和青蛙在此处

不可能是同一物种

6

滚落山谷的巨石
不可能再回到山顶
我站在谷底的巨石上
仰望着山顶的巨石
不知道五亿年前的寒武纪
或是一亿年前的白垩纪
它们是否交换过位置

石头以万年虚度时光
我只以瞬间与它久久对视

7

两棵粗壮的胡杨树干
光溜溜地躺在山脚下
白得刺眼。我想知道
这细小泉水流过的谷底
是什么连根拔起了两棵大树
并把它们剥得精光

而此时,两棵树像婴儿

正在午睡。我无法
走进它们的梦里。也许山洪
在很久很久以前
就已经超出了梦境的范畴
那摧枯拉朽的力,只是草木
一次自主的颠覆

8

一间小屋、鸡、羊、毛驴
必要的树荫和羊肠小道
没有信号的深山一角
其实并不是我们向往的生活。但
几个人仍然在昏暗的小屋里感叹
真好啊!——我原谅
说话者的不真诚并认同
这大山深处的寂寞。不是因为
这个六十九岁的老男人
一直滔滔不绝讲述的隐居生活
而是透过仅有的那扇窗
抬眼一望
半山腰的东山寺旧址
那一间小小的庙舍
像一双史前兽的眼睛,正远远地
注视着我

9

焦渴的树在石缝间
还能存活多久？每当走了很久
发现一棵树时
她都会不厌其烦地问

但整条山谷枯树并不多见
即使孤木成林，断枝残叶
树干依然活着
它们站在那里，沉默不语
用一万种新鲜的枯败回答着她

10

尽头依然是巨石
石头没有穷尽
山谷就依然通向未知
爬上那块挡住去路的大石头
对着群山大喊一声
无数个"我"应声而至
躺下来仰望天空 。此时

"躺在巨人的怀抱里"①,突然想
就这样吧,不走了
给石头留一点想象的空间
世界就没有尽头

11

太阳快下山了,山谷里
弥漫着淡青色的雾气,远远望去
山峰一层比一层稀薄
他们的背影快消失在隘口了
但我还不想离开

褐黄、暗淡、嶙峋、突兀和僵硬
这些丑陋的词
在暮色中渐渐变成了
柔软、温煦、伟岸、俊俏和朦胧

我承认我已经心旌荡漾
难以自持。一眼就可以看到骨子里去
每一座山峰都像神一样
对我敞开了怀抱

---

① 昌耀语。

12

当我们站在山坡上
感觉无路可走时
岩羊从更高处一跃而过
一眨眼就翻过山梁
消失在了甘蒙边界上

我本无杀戮之心
也无越界之意,但它们让我
瞬间感到了偷猎者的卑怯
和困厄者的悲哀

13

神在每一块石头里
风就是它们的语言

捕风者在我们中间
像石头一样沉默不语

多年以后我死了
请把我埋在石头里

听风,替山脚下那些墓地里的亡灵
日夜超度

羊台山：穿越时光的凝望

1

我们之间隔着丘陵和沟壑，隔着
千万年漫长的时光。遥望
一座山，忽然想起人世的荒凉
也不过如此。对面相坐
不如隔着万水千山。走上歧路
绕过一个又一个坟冢，回首凝望
才知道这里确是难得的一处好归宿。远处
赭红，褐黄，炽白
交替出现的大光圈
几乎让羊台山干净得
如油画里撒哈拉深处的裸少女

2

他们将你比喻成天外之物。我不这么想
荒草和黄土，一望无际
才能称得上辽阔。三两间茅屋
和枯木交错的栅栏呼应

才能折射出天上的星宿。只有
背靠一座年代久远的烽燧
点燃,风化,醉意蒙眬
俯下身子,才能把自己
当成自己的贴心人。天地间
只有那支青铜般缓缓走过的驼队
才能将落日烙在身上的印记
当作神赐予万物的护身符

3

一开始是幻境
正面飞来的鸟
似是空气漩涡
突然抛出的飞镖

我接受陷入
松软的山体,也接受
高海拔阳光的拷问。并不代表
我接受了现实

我急于成为另外一种
物质——比如外星球
遗落在山坡上的一块陨石

4

孤独不能证明
那是一只飞碟。焦黄
且被绿色和红色晕染过的山体
也不能诠释遗世独立
对一座小山包来说有什么意义

静止,独立,凝思
就像人类理想中的圣者
被永恒的光芒笼罩
却拒绝接受赞美

5

荒原给它们的自由
和视野,我没有
如果贫瘠和荒凉
可以忽略不计。羊台山下
土屋挨着羊圈。干枯的树干
指向天空。暮归的驼队
饮着微咸的井水。一条
新修的公路像大地裸露的血管
通向远方。此时此景

可称得上是世外桃源

但此时,阳光太过猛烈
幻影重重。我担心
人们会把我当成古代穿越而来的
一个侦察兵

6

不同之处是空
空得一望无际
了无人烟
空得每一棵草
每一块石头
都像天外来客

我们在与骆驼的对视中
败下阵来。谁是另类
在那清澈的眼眸中
一目了然

7

"没有污点就没有存在"①
没有骸骨就没有黄土
我们急于证明自己
也是永恒的一部分
辨认每一寸沙土的质地
把每一个沟壑当成
通向远古的时间隧道
在风声里起舞,扭动腰肢
诠释耳机里摇滚歌曲的
现实意义。山巅上
我那么渺小,抵不上
一粒尘土。但我双手托住的那片云
它曾是亿万年前这片部落的老祖母

8

没办法遮蔽
置身山顶,无异于
裸体行走。山顶和地平线
平行上升。野草矮小

---

① 尼采语。

匍匐于地面，如你我般卑微
俯身倾听着大地的心跳。很明显
焦渴来自内部，整座山
都藏着炭火，通体发烫
我躺在山顶的烽燧下看云朵
却并不感到灼热。此时
遥远的宇宙中，外星人
看不见我眼中的泪。它们只会
把我当作一个渺小无害的发光体

9

你从那只白骆驼的眼中看到了什么
你趴在地上，蜥蜴般仰视着
仿佛远古作为一种象征
已凝固在时间里。回头看看
茅屋前的枯枝也有一副傲骨
无法断定死亡时间；只有井水
和汗水一样，微微咸涩
试图通过味觉传递孤寂；据说
这里的羊肉很好吃，但
羊群寥寥无几；锁阳遍地
像烟头，会在雪地上烫出一个个洞；
缓缓归来的驼队漠视规则
视大漠为弹丸之地。在它们眼中

或许你也只是一只
偶尔被神召唤而来的史前兽

跟随一条河流往山谷深处去（组诗）

跟随一条河流往山谷深处去

跟随一条河流往山谷深处去
却发现水流的方向
与我们想象的完全相反

也许石头不会
和我们犯同样的错误
但它高耸着，孤绝就是种暗示

水的尽头，山谷合拢
渐次平缓的山坡上，几头毛驴
沿着蜿蜒的山路继续进山去了

风大，但阳光透亮
站在弯道的一块大石头上
巨大的空茫，让我摇摇欲坠

也许错觉一开始就是正确的
正是一种未知的迷茫，像神一样

不断修正着我们的无知

落　石

一只蝴蝶
就像落石
随时会飞

我相信蝴蝶
轻盈的表达
具有语言的另一种爆发力

创造一种声响
在寂静中。一个挣扎的瞬间
就是永恒的瞬间

石头的专注超乎我们的想象
被石头囚禁的灵魂，身不由己
却依然保持着它的暴动性

热泪盈眶

这刀片一样的黑色岩石
终于在我的手掌心
插入了一把利剑

我攀援在岩壁上
静静地看着一股水流
自山涧喷涌而出
白色的雾,向着地球引力
纵身投向绿色的深渊

在这峡谷里
黑色的
白色的
绿色的
红色的
每一种色彩
都这么纯净而迷人

我舍不得擦去血迹
我为能够成为这奇异色彩的一部分
已经忍不住
热泪盈眶

小孤山

山坡上,巨大的天外来石
过于黑暗。但黑色可以代替语言
表达沉默真正蕴含的深意

山体内，无数发电机组
急于证明一种价值
是肉眼看不到的。但白色电流

暴露的肤浅，像一枚炸弹
日夜等待着我们的内心
能够真正平静下来

再往上二十公里，是大孤山
但我不想去那里。命运已不堪重负
何必用一座山，去加重另一座山的孤独呢

源　头

2006年5月
我们七个人一起坐班车
去青海祁连
探寻黑河的源头

这并非出于地理意义
而是文学，一种历险的念头
驱使着我们
去高山峡谷间
寻找另一种意义

可是八宝河太平静了
平缓的河滩上
习以为常的石头
和几棵红柳
让我们感觉又回到了出发地

唯有近在眼前的祁连雪山安慰着我们
她静静地俯视，慈祥得
像是母亲
告诉自己年幼无知的孩子
源头本身并不需要意义

黄藏寺

村口一棵大树
太老了。认不出
是榆树、柳树还是胡杨
树下一头牛
在静静地吃草

寺在哪里？正午时分
村子里没有一个人
我们几个偏离了河岸
像无头苍蝇
盲目的闯入者

陷入了一种巨大的虚空

但我相信
这个叫黄藏寺的小村子
肯定有一座庙宇
召唤着我们
只是现在我们还没有看见

黑河大桥

站在桥上扔下一块石头
听到"扑通"一声
中间需要六秒。之后
石头在水中仍在下落
但我无法计算
它沉入河底到底需要多少时间

河水碧绿
深不见底
也许需要一万年
心中的那块石头才会落地

但我不急
我有足够的时间
在半山腰

闭目屏息
静静地等待那个消息

山水之间

两岸的山石都是黑色的
但山不叫黑山
河水是碧绿的
但河叫作黑河

我不想去远古神话里一探究竟
也不想从地理学中
给它们一次重新命名的机会

眼前的一切才是真实的
水过山劈石
遇谷开道
山只是护佑着
妻子一样母性的河流

神往的时刻

再往里走可能会无路可走
想到四十年来，从未把自己逼上绝路
一股隐隐的兴奋就像河流一样奔涌

想想将来,至少
可以把骨灰埋在无人之处
日夜倾听大河流淌
"哗啦啦啦",日夜不息
那真是让人神往的时刻

河流静默

秋天来了,粮食归仓后
该是一场新雪

雪要落在干净的河床上
才能成为下一场雪的母亲

河流静默,致敬
每一片干净的雪花

巨　石

如果石头里面有一间房子
该有浸骨的清凉
但我们根本无法进去。黑色
本身代表着一种拒绝,即使
里面空空如也,即使

整个山坡荒凉得
像一座上帝遗弃的宫殿
烈日下,我们也只能站在石头表面
接受阳光的拷问。把坚硬的思想
从我们头脑里驱逐出去

这些天外来客
散落在山坡上
从来没有征服过什么。但我们
总是幻想着一种亲密
能够把我们和宇宙
连接在一起

从鹰落峡到小孤山

全路段为落石、泥石流等
地质灾害频发区
从鹰落峡到小孤山
二十公里的山路上
弯道不计其数

但石头始终顺从着河流
静立一旁
卫兵一样
高高地耸立着

一路上，除了风声
和我的脚步声
只有我扔出的一块石子
替山谷
发出了第三种声响

夜行或一首诗的诞生

夜晚,走一条山路
汽车像萤火虫,在天地间
费力地搬动着一小块光亮
夜色黑如沥青,黏稠
胶着。只有雨夹雪懂得
雪上加霜的真正含义

去一个陌生的地方
仿佛只有衣裳单薄,寒冷刺骨
迷路,颠簸,眩晕,呕吐……
才配得上这一场未知的生死
才值得,在山穷水尽时
为远方那针尖般刺眼的光亮
泪流满面

山海经

三月五日进山
风大,阳光明媚
累了,坐在向阳的山坳里读《山海经》

一批探险者进去了
我听见有人在谷底大声说:
瞧啊,山崖上的那个人

那声音
仿佛来自远古时代的一只海龟

自由术

我爬不到那颗大石头上去
但西斜的阳光可以
把我的影子嵌入到石头中去

呐喊,飞翔,手舞足蹈
她在石头中获得的自由
比我在现实中获得的要多得多

整个下午我都乐此不疲
在石头中
练习这种古老的自由术

裸 行

天空太蓝
阳光太过明亮
也许因此
山谷里的风
才如此肆无忌惮

什么都藏不住
一个人在山谷里行走
就像婴儿在镜子里
裸体爬行

石头记

与一块石头相遇时
不要去伤害它。尤其是
那些巨大的石头
静卧在谷底
安静得
像一头冬眠的熊
它的呼吸像风一样
充满善意
长久的沉默
让它看起来
只是一块简单的石头
而并非
一种伟大思想的立方体

空

穿过墓地,走进山谷
那些吸干我们身体热量的风
更猛了

现在一切都还平静
石头表面的记忆略显温存
山洪留下的沟壑也颇具美感

但整个山谷都竖着耳朵
仍然保持着
那种时刻警觉的空

陪着黑河走一程

1

河面宽阔而平静。水鸟落下的地方
隔离的孤岛,群居的快乐
在镜头中,无法一一辨认

也许对这条内陆河来说
横跨是个新词。大桥下
斑头鸭渺小得像一粒沙尘
不值一提。桥上飞驰的汽车
在悬浮中奔跑。水的力量
正随着四月的天气不断膨胀

果然还是深邃的碧绿打动了我
有一瞬间,我觉得正是自己
托举着这座桥,在天地间
飞速奔跑

2

母亲在家里帮我带孩子
我一个人在黑河边
踩着石块,逆流而行

七十岁的她再次成为
那个让我能够破壳而出的人

她一次次在电话里叮嘱
要注意安全啊。但我
因为无法向母亲描述眼前的一切
而有点难过

——这条河流的伟大完全超乎我的想象

3

水下是梦境。石头的律动
自下而上,抵抗着
俯视河底的光

坐在河堤上往下看
鹅卵石柔顺且慈悲。黄色的光晕

搅动意念的漩涡，诱惑着我
一跃而下。此时
世界再辽阔都与我无关
我只想俯下身去
做一棵水生植物
一生与石头为伴
被流水垂怜

4

冰川正在融化
奔涌的水流，将执念
从固态一一瓦解

"一水出祁连，
挟两山而奔碛北"

一河春水浩浩荡荡
奔向远方。壮阔得让我
无法赞美。我不想成为
我自己。至少此时
我不想被称为人类
我只想望着祁连雪山
呆坐在河岸边
像一块伤疤，温柔地

覆盖在石头上

5

用意念开辟一条坦途
把河面一分为二,从中
我可以像唐僧过通天河一样
跨过黑河。这样想时
已经站在了河的中央

水流越来越快
河岸却越来越远。我知道
我经历的苦难还太少
不配成为一个行者
但河水汹涌,已经
把我塑造成了一个
无畏者
无法回头

6

水和光是同一种物质
在桥洞构筑的隧道里
流动和折射同时发生

头顶上驶过的汽车
不像生活的压力
那么具体。只有震颤
传递着隐隐的不安

隧道深得像梦境
光影浮动。也许
对无家可归的人来说
幽暗的庇护
比天堂的光亮
更温柔,更持久

7

千万块被捆绑的石头静静地
躺伏在河滩上,不知是在
默哀,还是在忏悔

我轻轻地在河滩上坐下来
温柔的默许,就像石头
已经接纳了我

现在,作为同类
我不知该怎么安慰它们
如果铁丝是用来囚禁灵魂的

我愿意脱光衣服躺下来
用全身的每一寸肌肤
去分担石头的罪

8

母亲说我们小时候
有一次发洪水,河水暴涨
八岁的姐姐拿着一个篮子
去桥上捞洪水冲下来的羊粪蛋
一下子就被水卷入了桥洞
危急时刻,父亲冲过去
抓住了她隐隐露在水面上的一只脚

那时候我两岁,不在现场
但这个场景,多年来
却总是浮现在我的脑海里
越来越清晰。而当此时
面对河水中几节废弃的破桥洞
我突然忍不住全身战栗起来。好像
那次溺水的不是姐姐
而是我,至今仍在洪水中
一次次挣扎
一次次沉浮

9

落花不是花
落花就是流水

当我试图给跌宕的河水命名时
才发现落花流水这个词有多美

一朵一朵,晶莹剔透
像破碎的心
那么美,又那么无情

10

怎么来形容这片河滩呢?每一块石头
都大过一个人,但不能叫作巨石
每一块石头都不圆润
外露的反骨,棱角分明
每一次落脚都像在揣测天意

踩着石头,一块一块跨过去
可能要一百年。我并不想
创造奇迹,但这些天外来物
突兀的孤傲告诉我

一个人一辈子只干一件自己喜欢的事
就是值得的

荒凉的诱惑

荒凉的诱惑在于没有尽头
在于山穷水尽。在于廉价的自由
和人群的孤立。在于一棵树
没有同类,孤零零地
站在一望无际的荒漠上
在于三只鸟窝在大风中
纹丝不动。在于快要枯干的树枝上
叶子聊斋般又长出了新绿。在于我
被正午的龙卷风推上了山冈
一个人站在断崖之上。看着你
一直没有回头,渐渐地
消失在这荒凉的尘世里

第二辑

无所思

不安之诗

晚上散步,隐约看见
对面走过来一个人。我猜想
他背着吉他或大提琴
一定是个艺术家

路口的灯光下,终于看清楚
这个穿着破旧工装的男子
背着一捆废旧的纸板
匆匆过马路去了

整晚我都有点莫名的不安。好像
那个人窘迫的生活与我有关
好像,我对这个世界无知的幻想
无意间伤害了那个人

无所思

他去芦苇荡中钓鱼,彻夜未归
几次想打电话,想想又止
偌大的天地,夜色笼罩
虫鸣,蛙叫,水流,人静
一个男人可以在夜色里称王
由他去吧

春雨记

三月的最后一天
终于下雨了。终于
写下三月的第一首诗
仿佛,词语被尘土埋在胸腔
肺叶舒张,才能
听到它们啼哭的声音

数十年来,第一次
写下春雨
如面对某种新物种
突然失语

——一切都是新的
我渴望已久的寂静
不允许我
再使用过去的语言
赞美它们

那时候

那时候,我一直不记得父亲的年龄
他是壮劳力,每年都要上山去背矿石
换来一家人的口粮和三个孩子的学费
那时候,我一直以为他是个贪吃的人
每次,说起山里的事情
他都咂巴着嘴
说野青羊的肉是这辈子吃过的最香的肉
却从不提及自己落下病根的两条腿
母亲三十九岁
很多年我都以为她不会再老
冬天,她随人们去山上拾发菜
那些细细的发丝一两能卖七十块钱
她给自己上了发条,整天
低头弓腰爬行在山坡上
那些天,她的眼睛肿得像桃子一样
那时候,我才发现
她其实已经四十九岁了

艾草记

植物是中立的
从田间采来艾草
焯水,搅碎
绿色的汁液沾满双手
手指本身也散发出一种
野性的味道
此时,夕阳斜照
厨房像一座教堂
庄严而肃穆
只有蒸汽的嘶嘶声
释放着蒸锅内部的焦灼
和压力。其实
我并不想从一锅艾草馒头中
获取什么。久久伫立窗前
沉浸在一个绿色的词里
尽管它是抽象的,但至少
代表着整个世界
一小部分的自由和寂静

杏花开了

四月清晨的一场雨
落在山顶就成了雪
抬头远望,云遮雾绕的仙境
和湿透的现实生活之间
只隔着一层薄薄的迷雾

杏花开了
他们要去郊外看风景
熙攘的人群中
你沉默着
像一只北极熊,固执地
保持着一种濒临灭绝的白

桃花之诗

你说桃花开了
突然就闻到酒香扑鼻
雪落在桃花上
肯定散发着另一种香气

我们用雪水煮茶
烤红薯下酒
炉火熊熊。轻盈的醉意
仿佛都来自那片泣血的红

但我没去温室看桃花
零下二十八度的寒冬里
面若桃花要比桃花本身
更好看

沙尘记

能见度不足五十米
街上的车和人
走着走着就消失了

在影视剧中
作为一种道具
他们将永不再回来

但现实中
悲剧不会就这样
一次性终结

沙尘扮演着反派,总是一次次
把我们挟裹,改造。然后
让我们保持人的模样
继续苟活于世

天　窗

三分之一的屋顶是透明的
当渴望已久的光照在身上
天空完全敞开时
我却不能写作

我被内心那一小点儿的幽暗蛊惑着
对抗白云，对抗蔚蓝
对抗阳光额外施舍的
真空般的温暖

对所爱之物的对抗
几乎耗尽了一首诗
所有词语的光亮

立冬之日

她在人间写诗
感受内心被掏空的快乐
她在太空行走
紧抓着释放自由的绳索

雪地上涌动着太空白
就像一头座头鲸正跃出阿拉斯加的海面

消音器

如果忽略轮胎摩擦路面的声音
去国道边数数过往的汽车
也不失为一种乐观。但我只是
时常隔着一层窗户,凭听觉
去分辨一辆辆汽车的型号
陷入一种玻璃的幻觉

只有钓鱼的人对噪音
充耳不闻。他们趴在护城河的栏柱上
盯着河面,完全把自己沉浸在
幽暗的水底

我埋头读书,偶尔
也抬头张望。这条人工河
和几个神情专注的钓鱼人
恰好,在我和噪音之间
形成了一个巨大的消音器

她想用一个词来篡改梦境

松软的,甜蜜的,明亮的……
她想用一个词来篡改梦境
哪怕是惊悚的,悲伤的,还是无望的
她不想被虚假的抒情困扰
这不是她第一次修改生活
乏味且永远无法摆脱的现实场景
她永远像一个母亲寻找着孩子那样
祈求一些新词在梦里
被重新发现

我也曾拥有过辽阔的水域

费尽力气爬上山顶
一湾清澈的水就像世界的另一半
呈现在眼前。这样清澈的深渊
我从未见过,刹那间
就像看见自己的内心
突然敞开,碎石
如泪珠般纷纷滚落……

梦里我就知道
这只是梦。但无法停下来
很多年前我曾在喀纳斯
像个游泳健将一次次跃入水中
在幽蓝的湖水中挥动双臂
游啊游,不知疲倦,穿越整个湖面
沉醉于那种柔软顺滑的清凉
完全不在意水怪
还静静地潜伏在意念深处

那是我第一次
也是唯一一次真正地游泳
没想到多年以后

置身于悬崖高处
以另一种角度
俯视自己的内心时
突然想起多年以前,在梦里
我也曾拥有过辽阔的水域

反方向

忘记关水龙头，烧干茶壶，忘冲马桶
刚刚吃过的药又吃一遍
每日两次去保健品店
买回各种无用但价格昂贵的保健药物
你有急事他们却忘带手机联系不上
你忍不住发脾气，但
随之而来的自责更让你沮丧
他们松动的牙齿已嚼不动牛肉
你饿，却难以下咽，食不知味
递给他们美味的同时
你又陷入对高血压和糖尿病的双重焦虑
你不知道什么时候互换了角色
他们渐渐成为你的孩子
面对镜子，你几乎对自己的晚年
失去了信心。你每天的必修课
就是保持耐心练习微笑
尽量把他们引向时间的反方向

城里的月光

避开了高楼、电线、广告牌
工地上的吊车、拆迁的废墟
在傍晚 18 点 45 分的一棵枯树上
我抓住了它灵光乍现的一个瞬间

但在这默哀的时刻
宇宙的磁场拖拽着我的心脏
越来越沉。它只留给
月亮一个温暖的瞬间
之后,整个世界就越来越白
越来越轻

白得,连树底下那个老乞丐的脸上
都泛着银子一样的光芒

清　明

雪落着,在人间
同时也在幽冥的世界里

两个世界多么相像,隔着一层白
一些人被另一些人无端怀念

必须做点什么
才能救赎我们虚空的未来

我烧纸钱,并郑重地
把供品放在他们的墓碑前

另一个世界里没有我思念的人
可是,雪太白了
我一直在流泪
雪盲症使我看起来
像一个伤心欲绝的人

解剖学里的兔子

必是雪白的一只
腹部朝天,四肢捆绑
必是一根绑住嘴巴的布带
模仿着人类的语言
掩饰着牙龈上渗出的血迹

袒露它的器官
并观察它的反应——
恐惧,挣扎,狂躁,虚弱,绝望
却依然不死

很多兔子都撑不到实验结束
唯有这只,不得不
动用人类最后的一点怜悯
在实验结束以后,以人道主义的名义
给它的心脏注入一针管空气

——这一针管空气的怜悯
代表了人类所有的善意

微微发烫

天空的蓝
微微发烫
路边清洁工的橘黄色衣服
和交警身上的荧光绿
微微发烫

雾霾散去,坐公交去三联书店
一路上,盯着这些明亮的事物
我的眼睛也感到
微微发烫

"畅饮这些光"
书店里,黑色封面上的斯奈德老头
像上帝一样
轻轻地说

我不能眼睁睁看着一个孩子死在我的梦里

那个孩子
被他们抬了进来
一群人围着
不知到底伤着了哪里

但很快他们就把他抬出去了
放在门前的水泥地上
八九岁的男孩,褐色的衣裤
小腹处贴着一块白色的纱布

我说:"他还活着,再想办法救救他吧。"
但是他们无动于衷
孩子挣扎着,胶布崩开,紫红色的肠子
撑开伤口,涌了出来

我大声喊着
"他还活着,再想办法救救他吧。"
无数双手挡在中间
不让我靠近

一遍遍喊着……天亮了

但我不能醒来
我不能眼睁睁看着
一个孩子死在我的梦里

夜　雨

我不知道获得了什么
从饭局上出来走进黑夜
突然而至的小雨
更像是拷问,而非抚慰

地面漆黑发亮
泪光盈盈
街上行人稀少
正适合大哭一场

但这都不是我渴望的
无法言说的东西正如一股股电流
击穿掌心
跌落在泥污中

什么也抓不住。一个女人的无力
和脆弱感,有时来自欢愉
有时来自饭局上刚刚聊过的阿富汗,也来自
图书馆二楼书架上
那本关于奥斯维辛幸存者的《无泪而泣》

兀　鹫

兀鹫是一种凶猛的飞禽
但是它很少用声音来表达自己的悲喜
在失去唯一的孩子之后
它们只在天空盘旋
不停地飞,不停地飞
直到太阳落山
直到繁星满天

牧民们说,整夜
都听到一种风吹羽毛的声音
像刀子刮割着肋骨
回旋在草原的上空

试论疲倦

清晨醒来发现
整个城市都是美化过的
五点钟楼下清洁工哼过的曲子
我也唱过。洒水车制造的湿润
已将尘埃再一次抚慰
每一次刹车都强调着规则
人们在机械声中走上街头
又开始重复他们一天的生活

在梦中,我身体的一部分
去过很多想去但去不了的地方
现在,又被惯性推回了原处
——几乎是强制性的
我一部分一部分地醒来
避免清醒所带来的伤害

纪录片

假如你是一只跳羚
该如何表达快乐
跳跃,还是
翩翩起舞。有一种鱼叫珍鲹
被一种神秘的力量驱使,汇聚起来
游向数十公里之外的淡水区
不产卵,也不繁殖,仿佛冒着生命危险
仅仅是去那儿兜一圈,便再次跋涉
返回栖息地

很多事情
不需要解释,也不能
用普世的人生观和价值观
去衡量兽类。我相信
动物界中肯定存在着一种宗教
让这群圣徒,用挑战死亡的美
区别于人类

安　详

右手的食指和中指夹着烟
高高翘起
小拇指拨开左手腕的袖口
在看表，整整两分钟
一动不动

马路上车水马龙
但广场廊柱下
缓缓升腾的烟雾中
时间静止在她的身体里

——穿红毛衣的胖老太太
她看起来像一尊佛

梦见一首诗

梦见一首诗
像甲骨文
被你刻在脊背上
你念到哪个字,哪个字
就像死刑犯听到宣判一样
抖动一下

它们不喊冤,也不哭闹
就像某个冤假错案里
沉默不语的人

苦 瓜

牙牙学语的小儿
叫它苦吧,苦吧
听着又像哭吧哭吧

因为学会了一个词语
他高兴得乐不可支
时不时就跟在大人屁股后面叫着
苦吧苦吧?
哭吧哭吧……

时间会在煎熬中慢下来

浸泡,清洗,剪碎
把银耳放入罐中
大火翻滚,然后小火温炖
看它咕咚咕咚冒着小泡
时间就会在煎熬中慢下来

写下的每一个字
都有淡淡的清香和温热的水汽
是不可能的。时间之外
僵硬的真相还像雪一样
覆盖在屋顶。我们只能在屋内
借助实用美学,软化自己

炉火边更适合沉思
而胶原蛋白的耐力也确实值得寻味
如果加入的不是红枣和枸杞
而是一个词,它会不会
更加胶着或者
成为一首混沌而透明的诗

异己者书

1

脚步从来没有真正闯进这里
旷野里除了风,仿佛
什么也没有

我们走过去,雪地上留下两行空气
看不见空气里面的冷
但夕阳下,它就是一根明晃晃的针
慢慢地缝合着我们的影子

2

树叶还在落
柔软还在加剧
雨水中,冰冷的青铜雕像
正在复活身体里
那个不甘心失败的人

夜色也在加剧

这个神话中被剜去心脏的人
整夜都在广场上寻找
另一个空心的人

3

潮水还会以另一种方式涨起来
从另一个人的眼睛和身体里
涨起来。山崖上的呐喊也是
很多年以后才能听到回声
从骨缝里拥挤着长出来
比当初还要剧烈

4

我们比以往更加警惕
但钉子钉入木板时
诗歌同时揳入了黑夜

没有人感觉到疼
整个夜空都是窟窿般透明
而沉默的星星

5

梦见一个人在墙上写反诗

他回头一笑：你错了
诗无反诗
梦才是反的

6

狼睡了，狐狸也睡了
一颗虎狼之心也该睡了
醒着的是鱼
视而不见的眼睛

梦里，野兽是真实的
而生活中
非洲草原并不存在
纪录片也只是一粒
散发着荷尔蒙
与瞌睡厮杀得遍体鳞伤的
缓释胶囊

7

山中,正在建一座寺庙
神仙的泥坯裸体在供台上
还没有上漆

是男是女?冒犯也是种敬畏
和凡人一样,他们也有权沉默
假装威严
掩藏羞耻之心

但显然
人们忘了给他们塑造生殖器

8

黎明前,要变成透明的玻璃
要碎一千次,像春天的雨水
在沙尘和泥泞的翻搅中
找到自己
停止哭泣

9

在正午的阳光下
床有大海的浩瀚和无边
雪有新鲜的肉体

崛起或者是消融
这两个词都很有意思

10

高速公路上
看到路边有一个广告牌：
出售减速器

踩着油门的脚不知不觉就轻了
不能再快了，这样的速度
灵魂真的已经有些跟不上了

11

凌晨两点，脑子里仍在放电影
你来他往。有一个声音在质问
你写下了什么？

她爬起来,迅速写下:
"失眠是失眠者的悲剧"
然后,挪开他的胳膊
独自睡去

12

"一个人终将死于肺病"
她盯着她的胸脯看了好久
终于,不再把听诊器
当作武器

她快速写下医嘱:
"喘息太久,肺叶就会扩张成
一把扇子"
此时正值暑夏,擦汗时
她发现,患者姓名处
误写了自己的名字

13

每天往返于这条路上
像爬行的甲虫一样
但又想

甲虫也不会每天走同样的路吧

14

湖泊只有在长大后
才能成为天空的一面镜子
但她觉得镜子还不够圆

她想象自己就是一把玻璃刀
每个清晨,都要沿着湖边走啊走
要为一颗透明的心
裁出完美的弧线

15

春天带来额外的补偿
沙尘和葡萄干同时而至

你从新疆带来的葡萄干
皱得有点可怜,但很甜

我嚼着葡萄干像嚼着一个人的晚年
浓缩的蜜,有点硌牙的感觉

16

那晚散步时
她挽住了他的手臂
那时夜色正深
她感觉自己就像一根菟丝子

味甘
稍涩

17

突然想到
还没有来得及爱
就要死了
还没有咬住另一个嘴唇
就要死了

吮着薄薄的芒果核
她在想
任何与生俱来的香气
都是一种残忍的拒绝

18

有时我们对树木的理解仅限于阴影
而对天空的理解
也仅限于蓝

19

雪落在木质栈道上
咯吱，咯吱
雪落在地面上
咯吱，咯吱

多么不同的两种声音啊
一种是骨头的回响
而另一种
是大地欢畅的呻吟

20

午睡醒来
看到街对面的建筑很性感

21

叶子有三种状态
发芽、生长、飘落

飘落作为一种死亡状态
似乎更加迷人

22

把可乐从你的嘴边拿开
不要挑衅自己
血液中放荡不羁的那一部分
不要公开挑衅
一个人的寂寞
不要把激情当作一种有罪的泡沫
不要给自己做伪证

23

舌头和语言纠缠在一起
舌头被语言嚼碎

有些东西还没有来得及表达

就已经在沉默中蒸发了

24

那个人很快就会死去

——我说的不是那个衣襟褴褛、蓬头垢面的瘸腿乞丐
而是他身后
那个衣冠楚楚、面色浮肿、坐在汽车上打电话的胖子

25

思考是一件颇费体力的力气活
低血压也是大问题
稍一用力，就感觉
飞机降落，大地倾斜
高压从 90 瞬间滑向了 60

26

我爱你
所以，我消失
从未在你面前出现过

27

不喜欢那个男人的嘴唇
和喜欢另一个人的嘴唇的感觉
一样强烈

28

十天前,我写下
"杀死月亮"
十天后,看到涅恰耶夫说
"杀死沙皇"

我们用同一个动词
表达爱
也表达仇恨

29

奇怪,身体里明明长满了器官
可是感觉里面虚空一片
什么都没有

除非它痛

我才能感觉到自己是一个有心有肺的人

30

几十只乌鸦
一会儿飞到东
一会儿又飞到西
仿佛正在演练一场集体的大逃亡

正午的村庄
发出绝望的颤音

31

清晨的被子有你的体温
难道昨夜
你在梦中来过

32

语言在向内生长
无法言说

33

大地是一面鼓
离大地越远
脚步声越空洞
而靠近大地时
脚步会像鼓槌
越来越沉闷

大地的皮肤那么薄
几乎,要把我
陷进她的皮肉里

34

忧伤弥漫时
这一天才真正开始

35

倒影在湖水中颤抖
铁塔,群山、白云、石栏、树木
和一对亲吻的恋人
全都在水下

扮演着真实的自己

36

不要把道德的脏水泼在我的皮鞋上

37

"妈妈,为什么很久以后我们才能看见寄生虫"
"不,宝贝。它一直就在我们的眼皮底下
只是我们一直假装没有看见"

38

早上,看着天空,树木
和棱角分明的楼群
我想到弧线

我一直在想
它们身上被砍掉的
柔软的部分

39

想起童年的一张旧照片

想起旧照片上的红肚兜
还有抱在胸前的向日葵

鲜艳的记忆
可以抵御寒冷

在深秋的旷野里
我惧怕灰色

40

我身体里有光
有光照不到的地方

41

人群中走来疯子
他像是我的一个亲戚

42

你拒绝美酒
思想陷入葡萄

43

先不要考虑道德
也不要考虑意义
先从一个人的内心开始

44

核桃表面的道德
迂回而又僵硬

45

悲伤的栗子

46

意义纠缠着无意义

47

把自己陷于那些无聊的事情
本身就是一种悲伤的仪式
——慢慢死亡的仪式

48

如果我有一副哲学的头脑
就马上重建一座庙宇

49

时光渺小
造就害虫

时光伟大
杀死青春

50

我什么也看不见,或者
什么也不想看见

失明是失明者的幸福

51

地平线上
树木走进我们的视线

脚步异常缓慢,仿佛
从来没有移动过

第三辑

阳光照在废墟上

阳光照在废墟上

阳光割开了两个世界
明亮的一面,三个孩子
在水洼边玩泥巴
红色黄色和绿色的衣服
使阳光也散发着糖果的味道

另一面,间隔不到一米
高楼遮挡的阴影
压着废品收购站凌乱的小山包
生活的旧物,被时间
遗弃在了不起眼的小角落

简易的工棚里
饭菜的香味已经飘出来了
年轻的母亲在一遍遍呼唤
孩子们却依然乐不思蜀

泥巴真有趣啊。我舍不得离开
七楼的窗口。太阳也舍不得
移动得太快

两座铁塔

灰白的天空下
只有两座细细的铁塔
尖锐地矗立着

只有两支没有欲望的注射器
抵着天空的屁股
兀自发呆

尽管它们相距甚远,彼此漠视
但一种相同的命运已迫使它们
放下骄傲,成了
一对孱弱的病友

——从市医院十六楼的窗户看世界
世间之物都有一种
被虚弱的怜悯和病态的同情美化过的
双重幻影

碑　记

你打来电话时
我正在一块残碑前
用眼睛临摹刀斧的刻痕

天空飘着雪花
石碑集体沉默

世界静得只剩下
一种声音

"性自命出
你我何尝没有写碑之心"。但

每一块顽石,被刀斧剖开时
都有不为人知的难言之痛

城市雕像

几乎看不见他的头,那个人
坐在路边
把头深深地埋在双腿间
一动不动
旁边
是一把铁锹,和
一堆刚刚筛好的沙子
冬日的风呼呼地刮
却吹不去他身上的尘土

走过他身边时
我被吓了一跳
几乎和沙土一模一样
这个睡午觉的人
在繁华的城市大街上
他比一座真正的雕像
还要安静

无关诗

"1944年在塞提夫屠杀45000阿尔及利亚人"
显然,这也是一句诗

"诗的纯粹,比人们想象的,更具内在的暴力"
交响乐响起,声音在制造第三种纬度的幻觉

"诗的声音里面始终保持着沉默的权利"
你不说话。语言从内部发芽

"你要倾听内心的声音"。重要的是你自己
无所不在的窥视、批判与反思

桑塔格说"别那么合乎逻辑"。是的
真正代表人类的不是理性,而是非理性

艺术区

色彩关联着性幻想
管道也是。造型的艺术
在于悖论。只给你钉子
你要用手掌把它钉入墙壁
锤子的力度在于倒悬
在于群体意识。玻璃
要破碎才有完整的思想
笼子里有真正的鸟
而天空一片灰白。树木
要揳入墙体,才能解放自己
张大嘴巴是发呆
也可能是嚎叫。烟囱里的雾
区别于霾。关于火熔技术
你了解多少?西餐呢
还有铁器、布艺
和一条残腿的价值趋向
当然,推车卖煎饼的中年妇女
在垃圾箱里翻餐盒的老妇人
与艺术显得格格不入。还有我
一个来自北方的异乡人,本想
在这里尝尝咖啡牛排,却最终
还是去街对面小饭馆要了一碗面

新年快乐

湖水结冰了
在湖边，我们又相遇了
很乐意，为你拍下一张
站在冰面上但没有落水的纪念照

新年快乐
若干年后，你看照片
很可能，已经不记得
这张照片是谁拍的，但肯定
会为自己站在冰面上
但没有落水
而感到十分开心

檐角下的灯

蒙尘的光阴,在夜晚
像一只手,探触着
黑暗的底线

一种未经过滤的
忧伤,大地的原色
笼罩四野

七十岁的老父亲坐在屋檐下
抽烟。黝黑的脸庞
像另一盏老油灯
忽明忽暗

两盏灯在昏暗中
交换衰老的秘密
在灰尘和蚊虫聚集的光源下
仰望星空。我发现
我们的一生所能书写的光明
其实非常有限

无　题

阳光又照了一天
她仍旧在温室里打盹
好天气比辩证法更难捉摸
温饱之外的问题
在温饱不成问题的时候
才成为真正需要解决的问题

她陷入沉思，几乎是透明的
阳光照了一整天，倦怠与迷茫
袒露在一张未经修饰的脸上
她看到朋友圈一个诗人的慌乱
从早上开始一直持续到傍晚，突然觉得
仍然是生存左右着诗歌
和生活

"先活着，然后……"
她想提出建议，但无法继续下去
那些缺失的东西像空气一样
难以捉摸。现在
她允许自己一半的躯壳是空的
并相信博尔赫斯是对的：
"在仅有的一次生命中成为狮子、龙、野猪、水或者树"

春 天

她的校服太小了
深蓝色的校裤那么短
脚踝都露了出来,整个身子
像被捆住了一样
紧缩着

但是,你听啊
这个羞涩的女孩子
她在台上小声朗诵诗歌时
我听到春天在她骨头里
疯狂拔节的声音

苹果的方式

经过了整个冬天,一个苹果
在细细的枝条上
把万有引力的法则
重新又估算了一遍。但"永恒"
这个词现在还不能写下来
它被留在孤悬的绞刑架上
迟迟不肯妥协

田野以梦游的方式分化异类
一个灯笼,五角形的心脏瓣膜
砸出的黑洞再一次被春风
填满,软化。结局必定是以旧换新
但疤痕的位置永远留了下来
舌尖纠正我——"甜蜜",而我
写下溃烂,并确信之后
坠落很可能开启的是另一个
新纪元

母亲重重地摔倒在厨房门口

轰的一声
同时是瓷器碎裂的声音
两碗面条泼洒在厨房门口的地板上
"哎呀,午饭没了……"
从地上爬起来的老人
像个做错了事的孩子
快要哭了

那天中午,我们吃着
从碎瓷片中
一根一根挑出来的面条
几近哽咽。但都笑着说
这面条真好吃
真好吃

最冷的一天

湖水结冰了
芦花依然摇曳
栈道上本该有雪,一串脚印
通向某个人的内心
但枯荷更需要孤寂来表现
那种病入膏肓的美

大舅坟头的荒草
比去年又高了一些
瘦得像他自己
一次次
在风中战栗

一年了啊,这些草
仍是那样孤单倔强
和站在冰面上的我们一样
瑟瑟发抖。似乎
想要通过摆脱地球引力
来抖落压在肩头上的雪

死去的人有他们自己的春天

如果一定要写下什么
只能是草木。至少三月是这样
羊群把枯黄逼到墙角,眼巴巴等着
非自主的绿排成一片自由的景象
接下来桃花要开。杏花
要区别于梨花,苹果和蒲公英一样
渴望在云端飞舞

可是死去的人看不到这些
死去的人有他们自己的春天
他们嘴里含着春风
在欢庆一个叫清明的节日

火焰还原着真相

火焰还原着真相
但不是灾难
昨天，一种新生的设想
已经耗费了我们的一生
清晨醒来，夜晚穿过的衣服
分明带着灰烬的味道
新的皱纹又出现在了额头上

作为活着的虚无的一部分
我们不属于火焰
也不属于灰烬
死亡对生者来说只能是种启示

是的，我还是习惯于说我们
包括那些被炙烤的身体
被隐瞒的真相和
不辨缘由的合唱团

槭 树

聆听教导,练习久坐,
比赞美未知之物更考验耐力。
终于可以走出报告厅,他们
围在植物旁,从手机中
搜索一棵树

现在终于可以确认,
"转移注意力也是一门艺术"
树叶和花瓣的形状无可辩驳,就像
真理掌握在了大多数人手中。他们
不得不承认植物的客观性

"这是一棵槭树"
三角形叶片,伞状花序。
我走近看了看,真的!
这棵长在报告厅外面的树
的确不是一棵普通的树,它完全
符合一棵观赏树全部的理论标准。

雨　后

空气被过滤了一遍，干净
但有丝丝寒意。微风轻拂
柳树下垂的枝条
比挺直的杨树获得了更多
合法的自由

百合、迎春、杏花
都相继开放
广场上
永远围着一群
赞美春天的人

那些旧事物都在以生长的方式
不断消失。雨滴在枝头颤动
欲言又止。可是
胃疼又能表达什么呢
春天蓬勃得像一把刀
在我心里霍霍作响

公交车上

公交车上,上来一位矮瘦的老太太
一身灰布衣,帆布鞋,裤脚塞在高腰袜里
白帽,白口罩,透明的护目镜
像一个老尼姑,又像
科幻片里的外星人
一个大纸箱,两个装满重物的塑料袋
用一根绳子系着,吊在前胸后背上
坐在座位上,也不肯把东西放下来
快七十岁了吧,这个奇怪的老太太
只要有人看一眼,她就立刻
把瘦弱的脊梁挺得更加笔直

汽车修理厂

把车开到凹槽之上
相当于悬空。换一种视觉
从下面往上看
汽车底部可能是一座
空间倒悬的迷宫。下车后
站在凹槽旁边，突然
有一点眩晕。灯光和失重感
瞬间使这辆白色现代
拥有了一艘宇宙飞船的神秘感
旁边的黑色帕萨特
头部曾遭受重创，现在
已面目一新。一个工人
趴在车头拧螺丝，像是
在亲吻一头受伤的座头鲸
他手指上的创可贴还在渗血
我闻到车祸现场的那股血腥味
迟迟没有散去。这时
一股炸油饼的香味飘了过来
在汽修厂一角的厨房里
一个三十多岁的女子在炸油饼
隔壁房间的床上一个孩子睡得正香

玻璃墙把汽修厂分割成了两部分
每一个空间都非常合理,而且
充满想象力。我第一次发现
汽油、橡胶和油饼味
混合在一起的味道很好闻

猫

一只白猫在夏天
生下两白两黑四只小猫
冬天时,只剩一白一黑
跟着它四处觅食

我知道这是自然法则
那只从未出现过的大黑猫
理应受到谴责。但猫比我们更清楚
道德的局限性

厌恶鼠类,所以
不喜欢猫。这种关联
时常提醒我,对猫科动物
要尽量保持怜悯
和善意的评判态度

灾难篇

一个灰色的小球从天而降
山脊一样的泥土从地面迅速隆起
泥土如浓烟一般滚滚而来
整个大地都在颤动
这是电影中才有的情节
现在又出现在我的梦里

我奔跑,侧身,像一个运动员
那么沉着,冷静
一边躲避一边还在思考
这棉花一样的尘雾
吞噬人类时应该很柔软
"很柔软!"——灾难
就在这一念之间过去了
而我根本没有临睡之前
看911视频时那么恐惧

第一次因为羞愧而惊醒
现在是9月12日凌晨三点
世界有等待爆裂的寂静
我怀疑自己
并没有在这个星球上真正存在过

直线之心

我还没有那么纯粹
真的。我对热爱的事物
仍然保持着那么一点点
不必要的警惕

如落日下的苹果树
婴儿的胎毛。你的舌尖
微醺的酒意。语言的冰块
圆形的。尖锐的。冰凉的
持续性沮丧……

这不能圆满的一部分
如腺体分泌着某种毒液
针刺般,一点一点从内部渗透
让我始终无法对这个世界
保持一颗单纯的直线之心

节日里

早上,路过西来寺门口
看到等待施舍的人
比平时又多了几个
其中两个衣襟褴褛的中年男子
坐在门口的台阶上
在讨论面条的吃法

瑟瑟寒风中
两个食客争论着
面条的粗细和汤料的搭配,貌似
正在享受一种
有滋有味的生活

苹果的羞愧

苹果的羞愧来自
成熟，低垂，高于体温的甜
和压弯枝头的歉意
采摘果实，像纠正一种过错
并期望一错再错

苹果的羞愧源于
它心脏里那朵花
对人类的饕餮视而不见
源于奇数的不对称性
和美学的无止境意义

苹果满足我们的味蕾
和牙齿。却并不强调
死亡的意义
苹果和耶稣在一起
它的羞愧才是真实的

雨下在半夜

雨下在半夜,清晨就停了
被清洗过的城市
干净得像一只被洗脑的猫
在等待指引和再教育

街上没有流浪汉
也没有夜雨中走散的孩子
几辆沾满泥污的汽车
像刚刚乞讨归来的人
忍着满身疲惫
驶进了棚户区

在每天必经的十字路口
我竟然迷路了
像一个失忆的人,突然
从虚无中获得了宁静

雨打天窗

雨打在玻璃上
徒劳的愤慨
一直不曾停歇
数小时以来,没有人
懂得这种语言,但雨水
仍然不知疲倦地表达着
某种比宣泄更有力的东西

仿佛比安静还要安静,坐在天窗下
我只能依靠听觉来解释
去雨中奔跑,彻底湿透
绝非一时冲动

但雨水真的落下来了
透过头顶上的玻璃与铝合金的缝隙
滴落在我的脸颊上
——如我所料
它比泪水稀薄
但更具有穿透力

只有博尔赫斯知道

五年前买下博尔赫斯全集
并没有料到五年后它才在我的书桌上
陪我填补空虚。我不得不
承认时间的空白处,一个老人
盲者,不朽的灵魂
让我在健康码由绿变黄后
仍然思索着一个动词
是否从容地表达了它自己的意向
并赋予一首诗重生的可能性

即使停滞下来,时间也绝不是平面的
只有不朽的东西才可以使时间
呈现出它的形状。只有博尔赫斯知道
"环形废墟"非常适合一个母亲
随时随地,为她的三岁小儿
建造一座崭新的儿童乐园

第四辑

数落叶

核桃树下

巨大的树冠
一个时代的苍穹下
阴凉更像是隐遁
把我们包裹在幻觉中

树影斑驳。阳光恰好
以直角匀速掠过头顶
椭圆形的果实,内部千回百转
却始终板着一副生活的冷面孔

躺在树下,低空的悬念
一直困扰着我。假如
是一颗陨石砸中我,或者
搭建一个树屋住在里面

我不确定自己能否
仍然像一颗青核桃那样
孤绝、坚定。自始至终
都是一个万有引力的抵抗者

数落叶

镜子里落下来的光
仍然具有玻璃的属性
背对着你,我假设
这种轻盈的衰老
是一瞬间完成的

坐在苹果树下听理查德·克莱德曼
秋日私语,金色的树叶
滚滚落下。仿佛
这么多年来,一直是他
用手指替你翻捡着落叶

一片一片
落叶纷飞
衰老如此迷人
就像死而复生

枯叶颂

1

味觉首先发现了比喻,而后
焦灼感才油然而生
树叶干脆得像一片烤焦的薯片
堆积的大众嘴脸,一触即碎的
优越感,期待着火柴
和同类腼腆的挑衅

吞下一片火焰,几乎是
这个春天第一件想做的事
保持饥饿和矜持
把恐惧再翻新一遍
才能把脚放在合适的位置

不至于戕害
不至于毁灭
不至于把证据
交给夏天
继续腐烂

2

把它们的身体仔细再想一遍
再摸一遍
只需要一个虫洞
一个小小的缺口
就能把自己
从堆积的信仰中独立出来

3

拍下一张照片后
照片上的叶子就成了另一片叶子
审美疲惫拯救了它
让它的忧郁
上升到了人的高度

4

仍然是风
骨子里那一点狂热的妖娆
给一支灰秃秃的树干
增加了孤绝的力量

让两片干枯的树叶在枝头
重新获得了
暴动的自由

5

我是一个怀旧的人
在枯枝败叶间找到一颗膨胀的芽
显然只是个意外

但那小小的乳房
羞涩，胆怯，义无反顾
仰着头，倔强得
像一个预言者
确实让人心头一颤

6

是的。必须得有一个场景
必须有一些鲜亮的反义词
必须放弃修辞，才能保证
这一地枯叶不被艺术
分解为生存和死亡的双重意象

必须要有一套完整的忧伤

喂养枯叶下面干净的虫子
必须把它们和某一个人
联系在一起,才能解释死亡
到底是一个名词
还是一个无休止的动词

无伤之痛

切肉时,他把自己也放在肉案上
一整只羊,很快就被分割得七零八落

肉放进冰箱。他坐在沙发上抽烟
感觉浑身疼痛得就像被肢解了一样

雪 天

有时候我强迫自己写作
把诗放进生活或者把生活当作诗
今天一整天我都在想
抵达一个深渊
——深邃而澄明
一个雪洞。雪人静静地站着
彼此懂得不需要语言
就能表达的东西。绝对的静
直到真正进入漫长的冬眠
醒来后,能够用企鹅的语言
写一首关于热带雨林的诗

雨

四月七日
小雨
出城三十里
山村大雪
中午,转雨夹雪
寒雾封山
晚归。得知
全市共发射人工增雨火箭弹 85 枚

多好的雨啊,每一滴
都带着炮弹的气息
每一滴
都让人感到兴奋
和隐隐的不安

初　秋

天还没有亮。一些轻微的响动
钥匙在锁孔轻轻转动的声音

把我惊醒。昏暗中
一只小虫飞过来

又飞过去。那个晨练的人出去之后
世界又重新回归平静

似乎下雨了,汽车碾过雨水
的声音,细碎又决绝

不足一平方米的窗口
渐渐由深灰变成浅灰

将为整个房间带来光明
虫子消失了,仿佛融化在了光线里

昨夜那个梦还是那么清晰
一条蛇,从下水道里钻出来

飞身跃起。在它的牙齿咬到动脉之前
我醒了。它草绿色的花纹

带着青草的气息
冰凉而且新鲜

留在脖子上的唇印,缠绕着
一种秋天植物特有的味道

直 白

汽车在引擎盖下呻吟
她闭上眼睛。想象匀速的
白色,在山野间
会不会有点过于直白的纯洁

不过,她不确定
一辆白色的汽车会不会让人想起裸奔

修庙的人

一个影子
在庙宇之上躬身行走
他脱下的外套
成为他的另一个影子

他们,承受着逆光和佛法笼罩的
双重虚幻
在菩萨的头顶之上
拆掉一片片旧瓦

从我的角度仰头望去
天光的夹缝中
他也从黑暗里获得了一线光明
让他在弯腰的瞬间
有了一种谦卑的弧度

但从影子和树叶频繁的摩擦中
我还是感到了冒犯的快意
没有得到神眷顾的人
谁不想拆掉神祇
在心里重建一座庙宇呢

寒冬记

1

又下雪了,但
下雪时并不觉得冷
雪更在乎慢
和干净
并不在乎你的体感
在零下三十度的某刻
结冰或直线滑行
它带来一个诗人死去的消息
但忽略眼泪和悲伤
它加速一个作家的心跳
或癌细胞
却从不悲悯
它只用慢
和一种更干净的白
代替亡灵哭泣
和遗忘

2

嗓子还是疼
头晕日益加重
润喉片里的冰片
强压着舌苔下的焦虑

脉若游丝,却仍然如鲠在喉
低血压和咽炎都不能
作为淡忘爱情的一个理由
只有药片可以
作为虚拟的抗体
聊以自慰

他们说应该庆幸不在疫区
但我懊悔,二十年前为何改行
成为一名医生,至少现在
我可以给众人聒噪的咽部
找到一个沉默的正当理由

3

寄往北京的包裹里
应该有一封信

但那本旧书里的标记
仅用于遗忘

问题是上海也冷
结冰的矿泉水说明
你好久没有写诗
一个词体内的温度
仅限于活命

大寒之日
我抱着一本《甘州府志》
却无法给大汉的饥民
送去一颗粮食

又下雪了
我只能告诉你
河西走廊的冬天一直就这么冷
但有史以来从没在史书里
冻死过一匹马

4

他乡下的母亲半夜出门小解
在院子里摔了一跤
一根股骨和八根肋骨全部摔断

一场雪本不该这么绝情
一场事故也不该这么轻描淡写
但我们又能怎么办呢

雪还在下
天空也需要表达绝望
给久病不起者一个清清白白的葬礼

5

光照进来
忽然想起那年
一次漫长的旅行

躺在绿皮火车的下铺
读一本诗集。仿佛词语深处
旅程永无尽头

阳光透过车窗
刀片一样飞进来
切割着书页上的诗句

我就那样静静躺着。多年以后
火车完全静止,才感到莫名的疼痛

从胸口缓缓蔓延开来

6

一些人死去的消息
之后是一些人病危的消息
仿佛总有陌生人
每天都在忍受着煎熬

这于我是宽恕。因为陌生
我有理由忍住眼眶里的泪水
假装死亡和怜悯与己无关
像天空下着雪,倾泻,然后归于平静

我只是个深夜写诗的人,偷偷
为这个世界和自己寻找些许光亮
哪怕一小块黑暗都让我觉得
无能为力也是一种难以宽恕的罪恶

7

去乡间买鱼
突然惊起两只白鹳
它们匆忙飞起
两根细长的黑腿

像是在天空画了个等号

几秒钟,太短暂了
天空还是那么空
旷野仍然一片肃杀
仿佛它们只是种幻觉
一闪而过

仿佛只有等号
是真实的。只有你和我
在无边的旷野里
飞——
是真实的

根本不存在
对虚无的陶醉①

---

① 引自波德里亚的《冷记忆》。

新年第一天听到楼上传来钢琴声

只是音节。缓慢的
单音节。每个音符
与另一个之间的空隙
都足以修正
一次孱弱的呼吸

琴声里，脉搏得到鼓励
被动的心跳
从去年的旧梦中醒来
老邻居的音乐课程
制造着一种新生的快感

然而鞭炮声过于陈旧
碎屑落在雪地上
污点越来越多
新的一年，清白的词语
仍是种幻想

又老了一岁
值得心跳的东西越来越少
也许只有突然而起的琴声

可以给一个低血压患者的心脏

安装一个加速泵

鳟　鱼

冬天的水应该是这样的
青黛色,掩藏着更深的绝望
虹鳟鱼在水底,像水
自己的阴影,随光浮动

有时,黑色的身躯
突然跃出水面
仿佛隐匿已久的自由
终于找到了出口

但金鳟无畏
修长的身子,逆流而上
像一道道闪电
竭力想要表达什么

养鱼人说这种鱼
非干净的冷流水不能存活
养在鱼缸里
不如当场杀死

池边的荒草上雪还没有化

绕池三圈,我始终踌躇不定
捉哪一条鱼回去下酒
都觉得是一种罪恶

掏　空

已经没有了
她还在酸奶瓶里掏
卵圆形的勺子刮着杯壁

这多么像一次手术
那种撕心裂肺的疼,又一次
从小腹深处传来
被掏空的身体发出空洞的响声
卵圆钳刮着子宫壁
越来越薄,越来越薄
几乎就要晕厥过去

她迅速扔掉勺子
整个下午,对自己的残忍
都有一种忿忿的恨意

下过雨之后

下过雨之后
压迫感消失了
世界换了副面孔
天空变得和蔼可亲

可是此时
明亮照见了悲伤啊

悲伤时
我比任何时候都爱
而且更彻底

镜中人

一个人可能在夏天冻死
也可能在冬天中暑
在镜子前
她把衣服一件一件穿上
又一层一层脱去

"蛇是冷血动物,需要冬眠"
"这个人的身体一开始就睡着了
没有人可以唤醒她"

经　过

这个下午
她从我的玻璃门前经过四次
她走过去　落叶在她的脚跟
挪移了一下
仅仅一下　没有迟疑
暗黄色的旧大衣　在飘
风使她看起来像一只风筝
被旧年的尘埃轻轻托着
她嘴里似乎嚷着话语
只是，每一次
她都在试图吞咽那枚枯干的核

从玻璃门前走过的老妇人
她带来了整个冬天
她的白发提前预支了季节
她的豁开的牙齿和我的奶奶一模一样
——十年前，她八十五岁
到死仍有两颗完美的牙齿
她叫我的小名　花花
不漏气　也不显得疲惫

那年冬天
她走的时候
天很冷
我没有赶上见她最后一面

死于……

据说金丝雀时常被带到矿井
北美金柏对寒冷具有依赖性
温暖对北极熊的伤害大于猎枪
一个人死于短篇小说
比死于疾病更无辜

有一次在梦中,一把斧头
突然砍进她的脑袋,她清晰地
感觉到自己已经死亡
却并没有感觉到恐惧

中年以后,她对死于安逸的设想
并不满意,时常在梦中
借助亡者之口
修改自己的墓志铭

"每个人都是神为了感知世界而设计的一个器官"
她觉得至少像一只鸟
或一棵树那样
作为一个肺细胞去感知恐惧
死亡才是有意义的

林子里的雪已经很厚了

林子里的雪已经很厚了
厚到你一踏进树林
就感觉北极熊离你不远了
它们的皮毛都闪烁着冰山
特有的洁净。但树枝
仍不肯弯曲
要把剑插进那些石头的心脏

在这儿,做一块石头真的太傻了
那么冷,那么硬
埋在雪中,像一只永远不能苏醒的熊
静静地,对抗着另一只熊

树林因为空旷得像一个国家
也无能为力。雪这么大
一不小心,所有未曾被命名的风暴
都会成为一场雪崩

被　动

雪终于迎合了温度
一双无形的手
完整的抵抗，消融
多余的幻想

问题是一块干净的思想
永远不能像抹布那样
涂抹我们之间的差别
也不能消灭人与人之间的固体性

虽然，融化和死亡
都是必然
活着，本身
就是一种挣扎，但有时候
无可奈何看起来，更像是一种
大众的美德

流水的一天

太阳从楼群中升起
苍白如月亮。寒气
在清晨具有雾化效果
护城河的水远看
有点污浊,近看
清澈可见河底淤泥
夏天被钓起的鱼
假借枯叶,将自己的影子
一直留在河底。流水
还没有结冰,但正在
零度上下徘徊。明日
开始大幅降温。鱼们
不知会去哪里越冬。站在桥头
看流水,与站在窗口看落日
在物理学上是同一种状态
有人说今天是下元节,有人说
是诗人的忌日。流水的一天
无关悲喜。迷茫和顿悟
以日出和月落为临界点

大水入梦

洪水漫过了街道
有人还在街道上举着旗子
重整秩序。哨音
作为诗歌里必要的警示
在现场,也仿佛成了
一场灾难的帮凶

水位还在上升
但人们并不着急
有人在楼顶窃窃私语
有人准备好了鱼篓
准备浑水摸鱼

在近乎欢快的秩序中
等待着灾难。我想喊
却像个与现实格格不入的疯子
被推出了一部荒诞大片的制作现场

消失和即将消失的

最先是扫帚（手机上已打不出这个词组）
"哧啦哧啦"扫地的声音，既踏实又干净！
汽车驶过，轮胎摩擦路面的声音
有点粗暴，不打滑（刮了一夜风，还没下雪）。
谁的收音机在报时：
"嘀——嘀——嘀，北京时间七点整"
紧接着是乐曲
突然想起几年前那个边扫地
边唱歌的清洁工（他已经很老了
退休了，或还在人世吗?）
"请注意！车辆右拐"
扫地车的声音介于汽车和扫帚之间
缓缓向市医院方向驶去了。
听不到救护车的声音这让人心安。
昨晚因何久久难以入睡？这些声音
长久以来周而复始（一些消失，被另一些替代）
敏感的神经一直醒着，好像只为分辨
并记住那些消失和即将消失的东西

第五辑

在河西

河西小令（组诗）

夜入沙州

应该蒙面，带月牙弯刀
于夜黑风高之夜入城
应该避开官道，骑骆驼
于黄沙漫卷处突然现身
应该掩经卷，夜半开窗
举夜光杯，邀月光共饮葡萄美酒
应该挑灯，拂尘
在石壁上描佛祖圣像
应该着一袭霓裳，反弹琵琶
于鸣沙山下羽化飞天

可是，现实太平静了呀
深夜坐一辆大巴进城
多少让人有点沮丧
没有人把我们当作刀客
或者探子，甚至也没有人怀疑我
对一卷残破的经书
怀有觊觎之心

夜宿鸣沙山下

海水漫卷,黄沙呢喃
闭上眼睛,风暴就在身体里晃
波涛有分身之术,十万个肉身
只有一个在经声里失眠
俗念缠身

今夜,那个人无论在石窟里念经
还是在睡梦中呢喃
他的呼吸
都比所有躁动的沙子
更虔诚,更安静

白月光

窗外是梨树
开一树白花
百步之外,鸣沙山
也是一夜白头

我等这场雪已经很久了
一生只想做一次贼
借这一纸白

偷走梨子内心的甜

瓜州的月亮

瓜州的月亮比瓜大
也比瓜圆
瓜州的月亮像气球
被风吹着在天上跑

瓜州的月亮和流浪的人一样
孤独,也有宿命感
它同情那些被大风吹乱头发
就仓皇逃进汽车里的人

一路向西

古代一定也是这样
饥渴的驼队
在荒无人烟的大漠上
对着月亮,画饼充饥

但不一样的是
他们骑马、牵驼
走得比汽车慢,有一生的时间
跋涉,会盟,逃亡,交桃花运

醉生梦死，以物换物
把一条沙石路磨出丝绸的质感

嘉峪关

必须要有一块砖
高悬在城楼上
必须要小心
权术、攻略、偷窃、小人
和头顶上突然出现的一把刀

必须要学会在瓮城中突围
马道上回旋，秋风里
回马一枪

在江湖上漂，必须
要学会一身铜墙铁壁的好武功

雄关小令

你捡的石头外形硬
但质地软
根本不是一件称手的兵器

不如我们卸甲归田，到城门外

凿稞臼，抡木槌
一起去卖糯米糕

葡萄与美酒

你喝葡萄酒时像饮血
羞怯。不仅仅这么简单

你把手伸向葡萄，就像伸向身体
同样，兴奋且心生愧意

我认真思考过
肉体的快乐

葡萄也一样，当甜蜜大于羞愧
总是会眩晕，不知所措

车过瓜州

甜到发腻
甜到想起刚刚吃下的那块哈密瓜
牙根咝咝地疼。甜到
无数只虫子突然钻进身体
抓肺挠心地想

瓜里面的籽
都是蚀骨的虫
吃一次,就被这世俗的念想
蛊惑一次

玉门关

在大漠上追赶太阳是徒劳的
干脆我们就坐在地上画风车吧
大的画天空那么大
小的画蒲公英那么小

春风不度玉门关
索性把风也画上去吧
送它一程
让它在天黑之前
赶到鸣沙山下
数着沙子,念经去吧

秋风引

秋风肆虐
秋风是河西走廊的王
千里疆场
它爱怎么吹就怎么吹

我是一介草民
对此没有异议

两座城

酒泉离嘉峪关太近了
一个诗人一再强调
你看,大漠上两座孤独的城
灯火马上就连在一起了

其实,从车窗望出去
黑夜里,根本没办法
给任何事物贴上孤独的标签
但我还是相信,这样的距离
的确存在着某种
其他词语无法表达的亲密
和忧伤

第四次

荒无人烟的大漠上
动车已经通过四次
与车上的人,至少也以机械的面孔
遇见了四次。第四次

已经不会再感到惊讶了
熟人之间，已经习惯了
那种平静、冷漠、麻木和熟视无睹的善意

独　白

最小的棉桃
被留在干枯的枝干上
最小的词汇，在深秋的旷野里
仍在吐露内心的白

河西走廊只有很少的地方
还生长着棉花
敦煌城外的黄渠乡，十九年前
我曾采摘过大朵大朵的棉花
也曾故意，把那些最小的棉桃留在枝干上

夜行记

有人下车去小便
回来时噙着烟头
忽明忽暗
像从荒漠上擒来鬼火
有人沉睡
梦见西域的美人和葡萄

从一个人的肩头

倒向另一个人的肩头

有人轻声哼唱

呼伦贝尔大草原

其中"贝尔"一词要爬过几座山峰

才能从遥远的蒙古草原到达河西走廊

夜,深不见底

我们各怀心事

像一群走向古代的孤魂野鬼

八声甘州

你记得深秋的风

像刀子一样直往胸口插

记得深夜大醉而归

在湖水边尿尽三分醉意

词牌深处,芦苇倒下去一片

你有心搀扶,却按捺不住心头的软

弱水三千,只需一瓢

便胜却人间无数

凉州曲

骑马出城
向西十里
有知己,在凉亭
备下美酒

白马还是黑马都无关紧要
不折柳,不谈风月
随手采秋风一缕
权当是下酒菜

无须下马,满饮此杯
此一去,山高路险
或遇西域美人,也不枉
做一世天马行空的苦命人

尾　辞

不要祈求更多
这已是极限
天空的蓝已给你泪水
雪山的白已让伤口再次发炎
在这里,我们有

一生都遇不到的人和喝不完的酒
来日方长，就此别过

河西酒曲（组诗）

河西酒曲

我先醉了
你随意

梦中邀你来河西饮酒
蒹葭苍苍，故人相望
白衣长衫，一起仗剑
起舞在雪山之巅
豪饮于弱水之滨
三千里大漠
一弯新月如镰刀
收割着万古闲愁

那时的江湖多好啊
有情有义
那时的我们多好啊
一醉千年

蒸腾的禅意

麦子与青稞相遇
玉米与高粱结伴
小米属于高寒物种
与大米解不开万古恩怨

朦胧才是要义
祁连山下你我相遇
现在,已经用不着
再去分辨前世机缘
或者稻粱菽麦黍稷了

粮食有未知的禅意
这一锅蒸腾的酒糟
用九种呢喃的声音
一遍遍重复着:
唵嘛呢叭咪吽……

酒水中有一万个化身
在蹁跹,升腾。一万种
幻觉,在相互指认

酒　意

是酒
也是精灵、炸弹和美人计

二两足以
抚慰世界

何况你我
已行至山穷水尽处

也是奇迹
命中，我们又山盟海誓一回

酒比我懂你
我在这孤独的人世上，而它
在你的血脉里

扁都口的油菜花开了

你来与不来
花都已经开了
七月流金，说的就是这里
万吨黄金只许你虚度一日光阴

你来与不来
花都已经开了
等你的那个人
已经过了峡谷口的石佛寺
就要去青海了

而你等的人
还在大业五年盛夏的那场大雪中
踽踽独行

在河西

你可以把黑河叫作弱水
可以把张掖叫作八声甘州
可以把祁连山叫作冰川
把青海云杉以下的山坡
通通叫作草原。把高鼻梁
红脸庞的牧民通通叫作匈奴
把地层下炭化的粮食通通叫作美酒

你可以把我当作守城的一个将士
也可以把我当作匈奴的一个信使
在河西,一个女人
化石般活着

只等你打马走过
共饮一杯

皇城草原

骑兵的马蹄已经远去
现在,轮到荒草攻城略地

黄了又绿,绿了又黄
草原终于又回到了
草籽内心的寂静

群山环抱,而雪山若即若离
终不肯屈身近前
做一个王朝的附庸

这是我第二次站在皇城宫殿的废墟上
第二个秋天,仍然只有风
穿梭在没膝的枯草间

只有风和草
狂舞着
欢庆着庶民的胜利①

---

① 引自李大钊语。

去东山寺

穿过公墓,开车要二十分钟
沙石路面上,颠簸让我们不住摇头

仿佛对世界持否定态度。但对亡灵保持敬意
是必要的。我们要踏过死者之地去峡谷

这种距离,什么也掩藏不了
哪怕是内心一点点虚假的怜悯

透过灰尘紧逼的车窗,我们只能看见
一座座坟墓在后退,却看不见墓碑上的名字

你说亡灵适合待在空旷的地方
因为他们和我们一样,喜欢四处游荡

牡丹园记

1

姹紫嫣红中,没有
绿色、黑色和蓝色的花
明知道没有,但仍将不存在之物
视作存在之物的遗憾

我不知道,这对牡丹来说
意味着什么。站在一株红牡丹下拍照
舌尖上,刚刚吃过的白牡丹麦饭
余味更加缭绕。从味觉中
获得的色彩,被一种负疚感
分化成了自卑、淡漠
不以为然的各种表情。蜜蜂
飞来飞去,迫切想要表达亲密
我只能一再避让。满园的香气
愈加浓烈,像在极力修正
物种之间那种极度迷恋
又无端排斥的敌意

2

有时,我对艳丽
天生排斥。对香气
则保持中立。有时也在
视觉与嗅觉的分歧之间
获得某种偏狭的欣慰

比如,在牡丹园中
持否定态度可以避免迷醉
有利于合群
并忍受集体的喧嚣
繁华作为身外之物
可衬托,亦可
作为隐身之物

在花丛中拍照
我是谁?这个问题
值得深思,但也可以
忽略不计

3

种了四十年的牡丹

他觉得人生已经非常圆满

"是那种不能更好的圆满"
七十八岁的老人
把一个时代过滤的光鲜
抛给了我们

把牡丹、秦腔、二胡、宝卷、小调
和酒的诱惑
抛给了我们

把微驼的脊背
黑红脸膛
骨节粗大的双手
满头白发的自己
留给了历史

花香激荡。我们手捧烈酒
把一个时代一饮而尽

野菜记

1

蒲公英刚刚冒出地面
就有一把铲子插入根部
这是春天的必备仪式

在乡下果园里挖野菜
被阳光照着。练习枯燥
孤独并非来自空旷

一个人低伏在土地上
如爬虫。无休止地回忆
找寻一个童年的原形

偶尔飞过的飞机,像鸟儿
哀鸣着。但我不看天空
空难作为事件会被写进史书里

幻想灾难不是我所擅长的
在梦里,我也只能对自己

暗下毁灭之心。人到中年

已经没有什么苦难不能面对了
对糖分保持戒备之心。不断汲取
野菜微量的苦。对抗遗忘

2

每年春天,父母都会沉迷于
挖野菜。仿佛
年轻时吃过的那些苦还没有吃够
他们不停地挖,不停地吃
并喝下那褐色的苦水。一辈子
都把蒲公英当成必不可少的救命之物

母亲食量小,很少感到饥饿
衰老的胃,只把祛病除痛
作为吞食的主要理由。父亲的胃
十年前,切了一半
他们分食一盘野菜时
无比享受的样子,好像
又回到了那艰难但还年轻的岁月

那些年,我不爱吃黑面
哭着不去挖野菜,偷偷

把难以下咽的野菜倒掉
但这些年，我的胃
也渐渐习惯了回忆
像母亲一样，每年春天
都必须要用那一剂苦味
去缓解春天的焦虑

抗拒过的都已接受
我常常一个人在野外
一边挖野菜，一边
思考着一首诗
让春天的暖阳
把自己从这个喧闹的世界
孤立起来。好像
我们不同的生活
都从相同的苦难中
获得了安慰

3

一遍接一遍地挖
一遍接一遍地长
蒲公英善良得像流民
一茬接一茬，薅之不尽

为什么还要吃野菜？这个春天
除了控糖，吃苦，向往自由
把平庸进行到底。苦涩
依然是生活的主要动力

4

蒲公英是一种
艾草是另一种
榆钱作为第三种
已不多见

母亲说那时候还吃榆树皮
很多榆树都被吃死了
据说榆树皮是甜的
我从来也没尝过

第六辑

慢火车

从伏羲庙到杜甫草堂（组诗）

慢火车

看雪山、苍黄的牧草
马和牦牛在雪山下吃草，需要
一小时二十分钟
剩下的九小时四十分钟
我都在想一件事情

天水的十一月
应该要比河西的十一月
温暖一些。那高出的几度
可能一部分来自天意。一部分
来自我们内心的磷

从河西去羲皇故里
十一个小时的火车
车轮摩擦出的每一个火花
都在缓慢而急切地
扑向另一团火

在伏羲古庙想起父亲

耕作,渔猎,结绳记事
一截草裙和兽皮上的象形文字
把我的祖先和我的影子
重合在一起
一种莫名的亲近感
一种远古才有的真实
和残酷,还原了我
作为一介草民的真实身份

参天古树下,阴影如八卦晃眼
我悄悄把手伸进衣服
确认着远古时代的一个胎记,真的
已由我的父亲镌刻在了我的身上
并确信,偏殿屋顶上那个修庙的人
他脸上的灰尘,是替我掩藏了
一个人之所以为人的
全部善良和羞愧

从伏羲庙到杜甫草堂

雨就这样下着 。十一月
时空隧道,倒灌着

一股泥泞和彻骨的寒

相距不远啊,千万年也只是一瞬
那个耕田、打猎的人突然转身
一身瘦骨,写下千古诗句

——茅屋为秋风所破
上古至今,茅屋依然
为秋风所破

他们好像是同一个人
的两个影子,又像是
兄弟或父子

他们的茅屋
稻黍与诗稿
只隔着一场薄凉的秋雨

大地湾

又是陶罐
让我心生怜爱的线条
阴影。一双美人的手
在暗处摩挲着

地坑的深处
光线里的永恒,均匀地
分隔着黑暗
和光明

我不关心别的。只想
轻轻地捧起那个粗粝的陶罐
嗅一嗅六万年前
那些炭化的粮食和黏稠的美酒

古树下

你用一棵八百年古树的眼睛
注视着我

在山顶上,你从背后
把我定格为沉思、走神、俯瞰山河的
一个美人。一个黑色的轮廓

我感觉到了,但我没有回头
我要等八百年以后,这棵古树的阴凉
悄悄地,从背后
覆盖住我的肩膀

夜　饮

欢颜的时刻过去了。有一种虚空
仿佛已无路可走
渭水边吹来的风，新鲜
且隐隐发烫。如我第一次见你
陌生而亲昵

多好的夜晚啊，什么都没有说
什么都不必说
就醉了。我们像亲人一样
从沉默中
获得了安慰

"除了诗歌本身，不存在真正的满足"①
我什么都不奢望。是风
封缄了你的嘴唇

天水的微笑

石头的记忆
要靠刀来复原

---

① 臧棣语。

拈花一笑
不知磨钝了多少锋利的刀斧

在众多高大威严的佛像之下
一尊小小的菩萨
孩子般无邪的笑脸，突然
如一记闪电击中了我

她看到了什么？铁丝防护栏外
微雨的江山，一种明黄的树木
像墨绿群山溢出的喜悦
恣意漫延

还有什么值得忧伤
久久出神的我，悬浮在
麦积山陡峭的石阶上
不由自主
换上了一副石头的笑脸

南宅子遇雨

没有什么比雨水更懂你的心
说下就下了。莫名的惆怅
夹杂着致命的亲切，游魂一样
飘忽在每一间空荡荡的屋子

这不是你的家,但你以为
总有一个人在这里等你归来
迂回曲折的过道里
忽然会出现一张让你惊喜的脸。但是

到处都湿漉漉的,有什么在暗中
一点一点腐朽。越往深处越搞不清自己
前世到底是小姐的身子
还是奴才的命

地窖里又黑又冷,静得
像世界多出来的部分。是否有人
在此殒命,有人
在这里偷偷哭过

繁华中至少有一半是泪水。也许
这才是一场大雨真正想要表达的思想

望涪江（组诗）

在陈子昂读书台

1

这杯春茶我把它当作春酒来饮
涪江的风略带醉意
夹带春寒，迎面吹来
微醺的不只是树
还有一江从唐朝奔涌而来的诗

到底是谁在风中颤动？我凝神
屏息。头顶树枝上的鸟巢
一只雌鸟刚刚离去，灰白的天空
弥漫着母性的气息
微微泛蓝

春酒熟，春酒已熟
但我和那只雌鸟一样
归心似箭啊——
远方，我那刚刚断乳的小儿

正在一首唐诗里嘤嘤哭泣

2

不是他们在吟诵
是古老的大树在迎风低语
一千三百多年来没有写完的悲愤
依然抵不住
檐角上轻轻拂过的一片羽毛

天空那么轻,在唐朝
这肯定是一首诗的药引
它牵引着江山,在浩浩涪江上
像一叶轻舟,起落沉浮
多少家国事,真相
都沉在一江灰蒙蒙的虚无里

3

你是古人
我是来者

一千三百年后
我们的重逢
更像是一种天意

我姓武。正如你所料

所有的帝王之裔,最终
都要做回一介草民

4

树枝上挂满红灯笼
仿佛读书,真的能撑起
一个盛世虚拟的繁华

台阶之上,高处的古读书台
板着唐诗的面孔
俯视着我们

突然感到羞怯
千百年了,在唐诗脚下
我们还算不算
一个真正的大唐子民

5

在修复中。我一再问起的子昂墓
仿佛正经历着一次次重生

而我也不想
在众人熙攘下
去翻开那杂草丛生屡经挫折的坟冢
叫一声先生

只希望施工的师傅动作轻一点
机械的声音小一点再小一点
逝者安息。他日
再携一纸诗稿拜谒先生

望涪江

深夜惊醒
把十五楼的窗口
当作了整个宇宙

群星闪烁
银河倒悬在
凌晨四点的观音岛上

突然间热泪盈眶
——这世间
所有侍弄莲花的手
都不会比一条昼夜不息的江水
更温柔,更慈悲

灵泉寺

雪下在三眼井里

长出三颗美人的头颅

当我俯下身子
看到幽暗的井底,光影的碎片
拼凑成一张饱经沧桑的脸

也许井底通向大海或另一个
未知的世界。一种隐秘的快感
在缓缓上升

但这远远不够
探知深邃之物,还需要
一种更高海拔的想象力

夜游涪江

江水拍打着堤岸
近乎无声。但鱼儿激起的浪花
在暗中,翻滚着
一股唐诗里溅出的酒香

越伟大越是沉默
就像李白。就像此时的涪江
在一弯模糊的新月下
隔空对饮

宋瓷博物馆

突然就回到了宋朝
几百年,好像一小步就跨过去了
一腔豪情瞬间被涂抹上一层青釉
渐渐淡了

这么干净,这些轻薄的尤物
仿佛从来没有被道德的手指玷污过
也没有在深埋的绝望中
一次次挣扎过

可是,在极简主义的微光中
我还是听见胸腔里毛细血管裂开的声音
像一声低低的叹息:
为了完整,一定要
"保持你的易碎性"①

---

① 引自朵渔诗句"培养自己的易碎性"。

过南京

五月,大雨中的南京
一副不食人间烟火的样子
在街头饭馆里,张二棍、孟醒石和我
三个北方人,尽管
可以说说满街的悬铃木
谈谈爱情、理想和生活
但我们还是要了水煮鱼和二锅头

说什么好呢?没有宰相府
也没有乌衣巷
三个沉默的人,两小时之后
又将各奔东西。诗和酒
只是暂时加重了这座城市的忧郁
而大雨倾盆,对生活
却是另一种鼓励和放纵

在武汉

1

之前，有三个愿望：
吃武昌鱼
去长江大桥看落日
在汉口码头别故人

最后一个没有实现
2016年9月24日，我一个人
在江边独坐至深夜，也没有等到
那艘开元十八年的船

2

暴风雨随时会来
一座城市随时会成为一叶扁舟
消失在地球的另一面
但雨迟迟没有落下

我想尽快回去

但黄昏时,数百个民工正在下班
数百辆电动车正在穿过长江大桥
我必须站在一边,紧靠着栏杆
先给那些急于回家的人让路

3

今天我在江边嗅到的河豚味
很可能就是
你说过要请我吃的那一只

不可否认
有毒这件事,其实
让我们都有过隐秘的疯狂念头
——谁先死,谁就是那个杀死知己的凶手

4

作为一个北方人
登上那艘船又能如何
出海打鱼,忍受风吹雨打
又能如何
夜宿渔船,与船夫把酒临风
又能如何

可是你知道,我说的
不过是想象而已
在武汉,每个人的身体里
都潜伏着一江水
一不小心
就会溺死在自己的身体里

长江大桥

乌云和江水
一起流向天的尽头

运沙船驶过,一个光身子的男子
站在船头,仰望着桥上的人

暮色降临,天地将合
裸露的身体,似乎已做好了献祭的准备

渐行渐远。那船上没有我的亲人
但泪水,却已模糊了我的双眼

鲁迅故居

十一月的最后一个星期天开始写信
先生,你是对的
没有什么能够阻止一个人
呐喊的声音。你亲手所栽的
这棵一九二五年的白丁香可以作证
在这依旧荒凉的人世上
我想念的那个人
他爱过,而且
也被真正爱过

王府井

你们说的酒话我只听了一半
另一半,被羊群打断

深夜里,我们吃下羊的肺腑
啃羊骨头上的肉。仿佛
又回到山野的那一日

但我咽不下二锅头
和这些羊一样,在异乡
我也有一副经不起刀斧
就已支离破碎的心肝

去永定

从河西午夜的秋风里出发
零点的火车
把北方的雪,和我
一起打包,运向南方

去永定
我将飞跃黄河
穿过秦岭,与闽西的暖气流
正面相遇
在初溪客家的土楼门前
融化成水

我是北方来客
带着祁连雪山的寒气
穿过大半个中国来看你
请为我预留芋子包和客家米酒
让一个身体里已经秋风乍起的人
再一次春暖花开

望天门山

以李白的眼光看
造物主的顽念
都有一丝遁世之光

锋利的刀斧
永远比不上流水
万变的柔情

在我们的高度
征服是一种致命的缺陷
每一扇门背后,都暗藏着上天
永恒的慈悲

江山与飞鸟

你的心越来越柔软了
看到歪脖子树,就感叹
走投无路时,男人可以选择尊严
和死,但女人
却生死不明

上山时,看见白皮松
想到鱼,银白色的鳞
游来游去
不知不觉,就被推到了
风口浪尖上

很多鸟,飞过天空
和人类一起
俯视着江山。山顶上
有人感叹:故宫真的很大
很壮丽。也有人
忙于拍照。照片上
我抬头望着一只鸟,你也
望着另一只

北京的月亮

好久没有看到月亮了
他们说今晚的月色好美啊。可是
你们看月亮的时候
我根本不想看月亮
我闭着眼睛
也能感觉到
这座城市有一种
与生俱来的忧郁
是随着月色
一点一点加重的

育慧南路

大多数时候,是为了
吃饭、喝酒、坐地铁、买栗子
少数几次,是因为
离别、买药、茫无目的
经过那里

有一次
在十字路口
等红灯。你突然转过身来
说:"红灯和霾一样
也是一种致幻剂"

那是下午四点
天蓝得很无辜
云朵碎了一地
我们呆望着天空,一时想不起
过马路到底去干什么

甘南记事

大约十年前
我坐着班车
第一次去甘南
在合作，一间出租屋里
王小忠煮了羊排
打算用甘南最好的美味
款待我

肉熟了，夜幕降临
想起诗人阿信
我们匆匆
提着羊排去阿信家

在一张小圆桌边
阿信，我，王小忠，还有评论家安少龙
四个人，喝着红酒
聊着诗
一直到深夜
谁都没有吃一块
放在面前的羊排

当时好像真的顾不上
放下诗歌去做别的事
那个夜晚好像除了诗
真的没有什么
能让我们饿着肚子
去忽略甘南草原最美味的东西

那个夜晚聊了什么
现在已不记得了
只是后来一想起甘南
就会想起那盘羊排
它的味道
一定非常鲜美

加州旅馆

也许
只有一杯烈酒才能够配得上
谈论诗和自由
只有那种精神层面的
呓语。才能不断地穿透
心脏的外壳
只有在深秋,冷
像麻醉剂浸入骨头
火炉成为最后一根稻草
我们才能把心掏出来
试一试彼此对疼痛的敏感度
只有一首太平洋西岸的歌曲
一遍又一遍,嘶哑地呐喊
才能抵抗内心
蚀骨的凉

好多年了
每次听到这首歌
我都以为加州旅馆就是甘南
白龙江畔那家小小的糌粑客栈

过刘伯温故里

我对过于聪明和透知天机的人
怀有敬畏之心
我是一个简单的人
对一统江山和经世韬略不感兴趣
我是一介良民
对国家和个人的隐私都从不追问

刘伯温只是乡党
我若生在南田故里
当与之为邻,挖二亩荷塘
插秧,抚琴,酿酒,教儿读诗书

隐居铜铃山

1

清晨进山,遇见含笑
含笑不语,内心喜悦

一株含笑,在春天里
只绿,不开花

万物又何须聒噪

2

山有三千种环绕和到达的方式
甚至更多。在盘山路上
晕眩所造成的离心力
像根绳子
把我死死地捆住

有人在车上默念一念三千
而我只能执守一念

想你。把那根绳子
当作救命的稻草,在大雾中
独自去登铜铃山

3

低头去看,岩门大峡谷始终是一个侧影
丢下一颗心,估计只有跌入谷底
才能发出叮叮当当的响声。想想
低处的雨水、泥沙、四季的阳光和晨昏的悲喜
也必将是我们不可回避的生活。又想
在山上可能也一样,只不过
山风吹过来
一个人可以像毛竹
也可以像杜鹃
一会儿绿得发烫
一会儿又红得冰凉

4

悬空的栈道,一低头
就是万丈深渊。但
在恐高症中一次次练习跳水
比在人群中全身而退
要容易得多

你从人群中归来
我就从深渊里复出
在这里,我们可以
生七个叫木头的小矮人

5

路总是会到分岔口
动物通道总是要指向
野猪、野兔、穿山甲和五步蛇

我想,狮子和老虎
肯定会走另一条道路,它们的孩子
饥饿时肯定也会发出娃娃鱼般的哭声

如果我们在哭声的地方相遇
肯定会有一个奋不顾身的母亲
首先发出野兽一样的号叫

6

清晨
饮朝露
饮花香

饮鸟鸣
饮深潭鳄鱼的眼泪

午后
饮天光
饮倒影
饮青苔
饮五步蛇吻过的蜜

夜晚大醉
梦里可寻刘伯温去吃酒

7

晨起,细雨微蒙
乐府在人间

有你
有鸟鸣
小雨也刚好
让两个身体
可以挤在一把伞下

8

阳光照在青苔上
神的手指
抚过肌肤

她在最低矮的人间
湿漉漉的,好像刚刚哭过
渺小的爱恋
紧贴着大地

"他洞悉一切,而她
什么也不拒绝"

9

倒影越来越深
整座山都进入了湖水之中
那一碰就碎的寂静,在正午
让整座山都隐隐发颤

水有多深呢?另一面
饥饿折射的光,引领着我们的胃
有过片刻的晕眩——

在水下潜伏多年
我们依然不能和鳄鱼
栖息在同一片阴影里

10

去百丈漈的人还没有回来
在藤蔓上荡秋千的人也还在雨中摇摆
飞云湖在山顶,除非
时光倒转,那些渴望飞翔的人
才能从源头上找到回来的路

如果哪儿也不去
我们可以一直在倒影里等
像两棵不知疲倦的树
一会儿爬上山顶,一会儿
倒立于深渊

11

雨后,我尝试过
用另一种空气擦洗过的语言说话
尽量避免打滑,潮湿和肉体的碰撞

在一棵树下弯腰,抬头看见
"小心碰头"。而另一棵树上挂着
"此路不通"

遇见知己
打开心扉的方式有很多
但你,却是最后一个
渴望拥抱却沉默不语的人

12

大隐于市
我们安慰过自己
就像时常拧一点面包渣
给笼子里的鸟
我们有过短暂的默契
对一座山隐匿的思想
给予过最干净的幻想
小隐于山
哪怕只有一日
让我们相拥在人世的草丛①里

---

① "人世的草丛",引自雷平阳诗句。

西江月

醉眼蒙眬,可惜已不能
再挑灯看剑

借着几分酒意
再去西江大堤
宋朝的月亮依然
照着一江唐朝的水

月光多么善解人意啊
第一次走近西江
就把这一江的唐诗宋词
盛在一只明晃晃的酒杯里
端给了我

后 记

这本诗集收录了我自 2016 年以来创作的一百多首诗，正如诗人娜夜所说，打算出一本诗集时，才发现自己满意的作品屈指可数。但诗一旦脱离了主体，就像孩子离开了父母，都有它自己的命运。

写得不多，似乎除了惰性，还有沮丧。思索，求变，突破，挣扎，人到中年，从容淡定了很多，但很多变化又都发生在内部，自我完善、自我挣扎、自我革新的狂风暴雨，也许都发生在平淡冷静言谈笑语的背后。没有请名家作序，也不打算说更多，我想表达的，全在诗里。出版这本诗集我没有想博得更多的认同和赞誉，恰恰相反，内心有一种孤绝的冷静——由它们去飞，由它们飘散在天空，跌落在山坡上、河岸边、人群里、污泥中或者废品站，像尘埃一样，落在人间的任何一个角落里……

诗无定式，也无止境，爱和自由是诗歌给我的最大诱惑。这些诗是沿途的风景，内心的感悟，生命的痕迹，它们可以证明我来人间一趟，活过，爱过，思考过。如果你读到，恰好有一丝共鸣，那是相近的灵魂认出了彼此。

最大的愿望就是能写出一本自己满意的自由之诗，这只是一部分。

2023 年 1 月 17 日，甘州